Das nasse Kätzchen

Ein Roman aus dem Zyklus
Das Ipswich Ereignis

von

Kelly Cait

Impressum

https://Kellycait.de

Cover & Illustrationen:
https://beetifulbookcovers.com/

Book Design:
Saqib Arshad

Kapitel

Regenschauer

Miranda Valentine hielt sich die Tüte mit zwei Aktenordnern über den Kopf, als sie zur Haustür rannte. Es schüttete seit Minuten wie aus Kübeln und Wasser schwappte bereits von der Straße auf den Bürgersteig.

Die Lampe über der Tür war ein glasiger Schimmer in sehr viel Nass.

Miranda tastete in ihrer Jackentasche nach dem Schlüssel, versuchte dabei weiter, sich mit der Tüte vor dem Regen zu schützen, und ließ den Schlüssel prompt fallen.

Als sie sich leise fluchend danach bückte, sah sie sich plötzlich Auge in Auge mit etwas Kleinem, das sie aus riesengroßen Augen hilfesuchend anstarrte.

Es war eine Katze.

Das Tier triefte so, dass sie die Fellfarbe nicht einmal ansatzweise erkennen konnte.

„Ja, du armes Ding!", sagte Miranda zu ihr. „Wo gehörst du denn hin?"

Natürlich bekam sie keine Antwort.

Und ebenso natürlich konnte sie das pitschnasse Wesen nicht draußen lassen, auch wenn ihr eigener Kater Mumpitz eine Gastkatze vermutlich nicht so einfach dulden würde.

Sie ließ die Tüte mit den Aktenordnern sinken, die vermutlich ohnehin längst von der Feuchtigkeit ruiniert waren, hob die erschreckend leichte Katze auf, fischte nach dem Schlüssel und schloss auf.

Drinnen roch es nach Karamell und Thymian, Orangenschale und Muskat. Und es war warm und trocken.

„Dann lass mal sehen." Miranda trug die Katze in die Küche und hüllte sie in eins der Geschirrhandtücher.

Mumpitz kam, entdeckte sofort die fremde Katze, miaute empört und verschwand ins Wohnzimmer.

„Ich hätte sie nicht draußen lassen können!", rief ihm Miranda nach, doch würde er so oder so die nächsten Stunden über beleidigt sein.

Die kleine Katze im Handtuch unter den Arm geklemmt, ließ Miranda mit der anderen Hand Teewasser in den Kessel laufen, schaltete das Gas ein und setzte den Kessel auf die Flamme.

„So, was geben wir dir denn?"

Sie öffnete den Kühlschrank, fand den Krug mit Sahne und schüttete davon in einen Unterteller.

Die Katze sah die Sahne an, fuhr eine kleine rosige Zunge aus, probierte und zog die nasse Stirn in Falten.

„Komisch! Du bist die erste Katze, die keine Sahne will."

Miranda machte sich Tee, setzte die Katze auf den Tisch, tupfte sie behutsam ab und betrachtete sie im Schein der Küchenlampe.

Sie war weiß.

Die Augen hatten in etwa den Farbton von Granny Smith Äpfeln.

„Du bist eine Hübsche, wie?", sagte Miranda. „Irgendwer vermisst dich bestimmt. Morgen werden wir mal einen Aushang machen. Am besten an der Bibliothek und in der Post. Aber heute Nacht schläfst du warm und weich hier bei mir. Und bei Mumpitz. Du musst keine Angst vor ihm haben, bloß weil er ein mürrischer alter Kerl ist. Perserkater geben sich nun mal so."

Die Katze sah zu ihr auf, als würde sie jedes Wort verstehen und nieste dreimal.

Deswegen holte Miranda eine Decke aus dem Schrank und baute der Katze ein gemütliches Nest. Dann betrachtete sie die Aktenordner. Sie würden sich noch gebrauchen lassen, aber für immer gewellt und fleckig aussehen.

Die kleine Katze strampelte sich frei und stakste auf Miranda zu.

„Ja, Kleines", sagte sie gedankenverloren. „Aber du musst dich aufwärmen." Sie setzte sie auf die Decke zurück.

Die Katze kam wieder zu ihr.

Sie setzte sie zurück.

Dieses Spiel wiederholten sie mehrmals, bis Miranda klein beigab und das Wesen neben sich auf dem Tisch sitzen ließ, während sie den Thymiantee trank, um sich vor einer aufziehenden Erkältung zu schützen.

Die Katze sah in die Tasse und die kleine rosa Zunge schlappte warmen Tee.

„Du bist ja eine.“ Miranda betrachtete sie kopfschüttelnd. „Am Ende verweigerst du neben der Sahne auch das Katzenfutter, wie?“

Ja, die Katze verweigerte das Katzenfutter.

Mit einem empörten Schrei eilte kurz darauf Mumpitz an den Napf und putzte ihn in wenigen Sekunden leer und sauber.

„Ah, so schnell kann man also aus einem Feinschmecker einen Gierschlund machen“, neckte ihn Miranda.

Sie machte sich selbst zwei hartgekochte Eier in Senfsoße und dazu eine Scheibe Toast und musste feststellen, dass die kleine Katze zwar kein Katzenfutter mochte, aber Senfsoße.

„Du wirst doch kein verirrter Familiar sein“, murmelte Miranda. Sie holte den Zauberstab heraus und rezitierte die Formel zur Enthüllung von Familiaren, jenen magischen Wesen, die Zauberern und Hexen im Haus zu dienen pflegten.

Aber die Katze sprach auch danach nicht, bekam keine andere Farbe, wechselte nicht die Erscheinungsform und war demnach kein Familiar.

Sonderbar war sie trotzdem.

Sie sah auch jetzt noch irgendwie verregnet aus.

Außerdem knabberte sie am Toast und trank noch mehr Thymiantee.

Miranda zuckte die Achseln und nachdem sie ihr Geschirr abgewaschen hatte, ging sie zu ihrem großen Plüschsessel im Wohnzimmer und strickte noch ein bisschen. Die Katze kam, machte es sich im Wollkorb gemütlich und schlief dort schließlich ein.

Also war sie doch wohl ganz und gar eine Katze und nichts anderes, nichts, das Miranda hätte beunruhigen müssen.

Apfelgrün

Isabel erwachte inmitten von Wolle.

Zuerst konnte sie sich die dicken Fäden gar nicht erklären. Sie gähnte und streckte sich, sah ihre Krallen dabei ausfahren und erschrak fürchterlich.

Erst jetzt erinnerte sie sich wieder daran, eine Katze zu sein.

Begonnen hatte das drei Tage zuvor und seitdem irrte sie herum und suchte eine magiekundige Person, die in der Lage war, ihr zu helfen und sie wieder zu der Zauberin zu machen, die sie zuvor gewesen war.

Isabel sah zu der sehr weit entfernten Deckenlampe hinauf und seufzte leise. Wie anders die Welt doch war, wenn man sie von so weit unten betrachtete.

Nach weiterem Gähnen und Strecken machte sie sich auf die Suche nach dem Badezimmer. Sie fand es am Ende des Flurs. Die Tür stand glücklicherweise offen und drinnen roch es nach guten, selbstgemachten Cremes und Seifen.

Leider gab es noch einen anderen, weit weniger erfreulichen Geruch: den nach einem Katzenklo. Zwar war es wohl gepflegt, aber trotzdem ...

Isabel drückte sich daran vorbei, hüpfte auf die Toilettenbrille und wäre beinahe abgerutscht.

Dann kam plötzlich erschreckend riesig und haarig der Perserkater namens Mumpitz herein.

Sein Fauchen ließ Isabel hastig weiter nach oben fliehen. Ihr gelang ein Sprung auf die Waschmaschine, und da er ihr folgte, zog sie sich panisch am Regal hoch, das voll mit Putzsachen und Toilettenpapier war.

Als sie sich weiter nach oben arbeitete, stürzten Bürsten, Schwämme, Sprühflaschen mit Reinigungsmitteln und Papierrollen nach unten.

„Ja, was macht ihr zwei denn hier? Mumpitz! Du bist sehr unhöflich zu unserem Gast!“

Mumpitz maunzte ärgerlich und verschwand unter der Abdeckung der Katzentoilette, wo ihn Isabel scharren und kratzen hörte. Hastig ließ sie sich fallen und rannte ins Wohnzimmer. Die Angst machte es möglich, dass sie tatsächlich auf das Bücherregal gelangte.

Dort saß sie dann, halb empört, halb panisch, sah auf Miranda hinab und fragte sich, wie sie ihr begreiflich machen sollte, was hier vorging.

„Ich bin keine Katze und du musst mich retten“, hätte sie nur zu gerne geschrien. Doch es kam nur ein klägliches *Miau* heraus.

„Er spielt sich nur auf", versicherte ihr Miranda, doch erstens war sich Isabel da gar nicht so sicher und zweitens ging es um viel Bedeutenderes.

„Du brauchst einen Namen", sagte Miranda und lächelte zu Isabel hinauf. „Ich kann dich ja nicht *das nasse Kätzchen* nennen, nicht wahr? Wie wäre es mit ... Granny Smith? Nach der Farbe deiner Augen? Sie haben ein schönes Apfelgrün. Na ja, vielleicht nicht Granny – du siehst nicht gerade wie eine Großmutter aus. Miss Smith? Man sagt ja heutzutage nicht mehr Miss, aber bei einer Katze ..."

Isabel, die nicht die geringste Lust hatte, Miss Smith genannt zu werden, sprang todesmutig vom Schrank auf den Tisch, wo sie ein Buch entdeckt hatte – ihr Buch. Oder besser gesagt: eins ihrer Bücher. Isabel hatte bereits mehrere geschrieben und das, was hier lag, war eine Einführung in die Kunst der Sigillen-Malerei, eine spezielle magische Technik.

Isabel schlitterte ein Stück, wandte sich um und kletterte dann auf das dicke, in Violett gebundene Buch hinauf.

„Ah, interessierst du dich für Sigillen?", fragte Miranda.

Isabel wollte *ja* sagen, doch heraus kam wieder einmal *miau*. Sehr bedachtsam setzte sie ihre rechte Vorderpfote auf ihren Namenszug auf dem Buchdeckel: *Isabel Bowles*. Er war in silberner Schrift ausgeführt und ließ das Buch noch geheimnisvoller wirken.

Miranda grinste.

„Eine magische weiße Katze bist du also. Und du magst die Bücher von Isabel Bowles? Das ist schön. Isabel ist nämlich eine sehr gute Hexe, eine Großhexe sogar. Ich habe sie einmal getroffen. Eine sehr patente Person."

„Ja, deswegen bin ich ja hier", hätte Isabel gerne gesagt.

Da dies aber nicht möglich war, legte sie noch einmal sehr sacht und sehr betont die Pfote auf ihren Namen.

„Du möchtest also lieber Isabel heißen?", erkundigte sich Miranda. „Na, wegen mir. Die Gute wird es uns beiden nicht übelnehmen, hoffe ich."

Isabel seufzte.

Immerhin, das mit dem Namen war schon mal gutgegangen.

Doch wie sollte sie der freundlichen, aber etwas begriffsstutzigen Hexe Miranda klarmachen, dass sie selbst jene Isabel Bowles war? Verwandelt in ein Kätzchen und frustriert, wütend, hungrig und verzweifelt?

Niemand rechnete ja heutzutage mit Werken der großen Magie.

Niemand hatte vermutlich jemals selbst eine solche Verwandlung gesehen, geschweige denn am eigenen Leibe erlebt, so wie sie jetzt. Die Zeit solcher Zauber war lange vorbei und generell wurden Versuche zur Gestaltwandlung bestraft.

Nur zu gerne hätte Isabel gewusst, wie es überhaupt dazu gekommen war. Aber weit wichtiger schien es dann ja doch, den Zauber erst einmal aufzuheben.

Und ein Zauber musste es sein.

Hätte sie noch ihren Zauberstab besessen, so hätte sie es mit einem *Reverso* versucht, einem Zauber, der andere Zauber rückgängig machte.

Nur besaß sie eben keinen mehr. Vielleicht lag er bei ihr in der Wohnung, vielleicht war er zerstört worden. Sie wusste es nicht. Nur eines wusste sie: Ein Leben als kleine Katze würde sie nur eine begrenzte Zeit lang aushalten!

Und schon kam wieder dieser Perserkater, um ihr klarzumachen, dass er hier das Sagen hatte.

„Hau ab!“, fauchte sie ihn an.

Und genau das war es auch: ein Fauchen. Und der Kater zog ihr dafür gleich mal eins über. Isabel schrie empört und saß im nächsten Augenblick wieder ganz oben auf dem Schrank, ohne zu verstehen, wie sie da überhaupt hingekommen war.

Miranda schimpfte Mumpitz und sagte zu Isabel: „Na, du kannst ja springen, mein Kleines! Respekt! Und wir werden euch schon aneinander gewöhnen, mach dir da mal keine Sorgen! Mumpitz ist eigentlich ein sehr lieber Kerl. Daran werde ich ihn nur erinnern müssen.“

Isabel maunzte die nächsten Minuten über ihre Frustration heraus, weil das alles war, was sie tun konnte.

„Bei Juno“, sagte Miranda dazu. „Ich muss ja den Aushang machen, damit du wieder heimkommst. Ganz sicher vermisst dich jemand. Am besten mache ich mal ein hübsches Foto von dir ... halt doch still, Herzchen! Nein, nicht an die Wand drücken, dann kriege ich dich gar nicht aufs Bild.“

Miranda knipste eine Weile mit dem Smartphone herum, bis sie zufrieden war, und sprach inzwischen mit Isabel, wie man eben mit einem Tier spricht: freundlich, in einem Singsang, so aufmunternd, dass Isabel noch wütender wurde.

„Wir drucken das aus, weißt du? Da gehe ich zu Stefano, der den Kopierladen hat, der setzt es auf ein Blatt Papier. Das vervielfältigen wir dann. Und schließlich hänge ich das Ganze in der Post aus, in der Bibliothek und vielleicht im Pub um die Ecke. Was meinst du?"

„Ich meine, dass es gar nichts bringen wird!"

Isabel dachte wirklich, sie würde den Satz sagen, doch was sie selbst hörte, war natürlich lediglich ein entnervtes *Miaouwwwwwwuw*.

Diese blöde Miranda! Sie war hilfsbereit und nett und dämlich wie ein Pfannenstiel! Das war ihr schon damals bei diesem Treffen aufgefallen. Weshalb war nette Leute häufig so schwer von Begriff?

Isabel ertappte sich dabei, gedankenverloren über ihre Pfote zu lecken.

Das auch noch!

Wandlungszauber, die nicht schnell rückgängig gemacht wurden, hatten eine bedeutsame Nebenwirkung: Sie verstärkten sich selbst. Und wenn Isabel eine Weile lang in dieser Gestalt verblieb, würde sie womöglich zu einem fellschleckenden, sahneliebenden, miauenden Ding, das selbst in Gedanken keinen Satz mehr zusammenbekam.

Deswegen war es ja verboten, andere zu verwandeln.

An diesem Punkt hätte sie am liebsten auf irgendetwas eingedroschen.

Sie erinnerte sich angestrengt daran, dass sie eine bedeutende Hexe war, eine Person von Ansehen und Würde. Immer elegant, immer selbstbeherrscht und das unter allen Umständen.

Es war inakzeptabel, sich gehenzulassen.

Aber wer wusste schließlich, dass sie Isabel Bowles war? Offenbar niemand.

Sie setzte sich und fing an, oben auf dem Schrank ganz laut und kläglich zu schreien.

Nexus

Miranda besaß viele Freunde in Ipswich, wo sie seit Kindertagen lebte. Einige von ihnen waren Hexen, andere Zauberer und wieder andere ganz normale britische Bürger, die von Magie nicht die geringste Ahnung hatten.

Miranda mochte die einen wie die anderen. Sie hatte nie verstanden, weshalb sich manche magisch begabten Personen, so erhaben fühlten.

Manche Menschen konnten eben malen, andere singen, wieder andere konnten hexen oder backen. Ein Freund aus ihrer Schulzeit war immer schon in der Lage gewesen, große Zahlen im Kopf zu multiplizieren und arbeitete inzwischen in einer Bank. Miranda bewunderte ihn enorm.

Entsprechend sah sie in jeder und jedem die Begabungen und die guten Eigenschaften und sie bemühte sich, die schlechten höflich zu übersehen.

Genau deswegen kam sie auch gut mit Leuten aus, die nicht jeder mochte.

Dazu gehörte Nexus, ein Zauberer, der durchaus Magie wirkte, die nicht so ganz in Ordnung war. Außerdem rauchte er, verbreitete oft einen Geruch nach Latakia-Tabak, was einfach jeder schrecklich fand, und kleidete sich wie ein Teenager, der ernst genommen werden will: schwarzes Shirt mit dem Namenszug irgendeiner obskuren Band, schwarze Jeans mit Rissen überall und dazu eine schwarze Jeansjacke – die alten, ausgelatschten Turnschuhe nicht zu vergessen. Schwarz natürlich.

Er sah aus wie jemand, der mit siebzehn Jahren auf ein cooles Konzert gegangen, dort in Schlaf gefallen und als Vierzigjähriger unrasiert und vollkommen verkatert wieder aufgewacht war. Die Kleider wirkten so verbeult und verschlissen, dass die Geschichte tatsächlich hätte stimmen können. Nur kannte Miranda ihn seit Schultagen und wusste daher, dass Nexus einfach nur nicht mit dem Älterwerden klarkam.

Als er jetzt auf einmal bei ihr klingelte, vermutete sie, er würde sich Geld leihen wollen. Seine Magie-Kurse waren nicht sehr gut besucht und was ihm besonders wenig gelang, waren Reichtumszauber.

„Komm doch rein“, sagte sie. „Aber erschreck mir Isabel nicht!“

„Welche Isabel?“, fragte er und hängte seine Jacke an die Garderobe.

„Die Katze, die mir zugelaufen ist. Ein armes Ding, das pitschnass neben meiner Tür hockte.“

„Ah“, erwiderte er desinteressiert. Dann setzte er sich an den Wohnzimmertisch. „Hast du einen Tee für mich? Das Wetter ist lausig.“

„Natürlich.“ Miranda brachte die Kanne aus der Küche und schenkte Thymian-Kamillentee ein.

„Oh, beim Herrn der Unterwelt! Was für ein scheußliches Zeug“, beschwerte sich Nexus nach dem ersten Schluck.

„Wird dir guttun“, gab Miranda zurück und nahm sich selbst davon. Ihr schmeckte diese Mischung.

Nexus zog seinen Tabaksbeutel heraus und drehte sich eine Zigarette. Das machte er immer, wenn er nervös war, wenn er nachdenklich war oder müde ... eigentlich immer.

„Du solltest damit aufhören“, riet ihm Miranda.

„Ja, ja. Ich weiß schon“, knurrte er. „Aber jetzt mal das, weswegen ich hier bin.“

„Und das wäre?“

„Zauberer“, sagte er. „Und Hexen. Sie verschwinden!“

„Was?“, fragte Miranda. „Hexen verschwinden?“

„Ja. Erst dachte ich, das sei ein Zufall. Aber inzwischen haben mich Geschichten von überall her erreicht. Der Großmeister der *wahrhaftigen Neunzehn* scheint sich in Luft aufgelöst zu haben. Dazu die Kartenlegerin Kitty, der Kräuterexperte Philas und die Großhexe Isabel. Vermisst wird Krystall, die Magierin aus Sidney, der Vodoohexer *Jake the Joker* ...“

„Nun bitte ich dich aber“, unterbrach ihn Miranda. „Das klingt ja, als wäre es ein Phänomen, das die ganze Welt betrifft. Wie sollte denn ...“

„Genau? Wie sollte denn?“, fragte Nexus. „Genau das wird von einigen Leuten gerade heiß diskutiert. Was da verschwunden ist, das sind keine mittelmäßigen Magier oder Hexen. Oder wir haben davon nichts gehört, eben weil sie keiner kennt. Und weltweit stimmt nicht. Bisher gibt es Suchmeldungen nur aus dem Commonwealth. Aus Kiribati. Aus Brunei, aus Jamaica, aus Kanada. Und eben aus englischen, irischen und schottischen Orten.“

„Du machst Witze“, protestierte Miranda.

„Nein.“ Nexus leckte die Ränder des Zigarettenpapiers an und formte eine dünne, hässliche Zigarette, die er sich dann hinter das linke Ohr klemmte. „Das sind erste Meldungen. Und mich juckt es am Rücken. Eine Vorahnung.“

„Eine Vorahnung wovon?“

„Es werden noch mehr verschwinden. Ich weiß nicht wohin, ich weiß nicht warum. Aber irgendwas ist faul. Daher kam ich mal vorbei, um zu schauen, ob wenigstens du noch da bist.“

„Das ist nett“, bedankte sich Miranda. „Und doppelt nett, dass du mich zu denen zählst, die wichtig genug sind, um zu verschwinden. Aber mal ganz im Ernst – weshalb sollten denn auf einmal überall Leute mit magischen Kräften verloren gehen?“

Nexus zuckte die Achseln.

„Vielleicht stören sie wen. Vielleicht hat jemand einen großen Zauber gewirkt und das ist eine Nebenwirkung. Es kann auch sein, jemand möchte an die Macht. Das wäre ja nicht das erste Mal."

„Und wenn es Zufall wäre?", gab Miranda zu bedenken. „Wenn sich da Gerüchte aufbauen und diese Leute einfach wieder auftauchen, weil sie verreist waren, im Krankenhaus, bei Verwandten oder im Wald, um Kräuter zu suchen?"

„Dann wäre das schön." Nexus stand auf. „Aber halt die Augen offen, Miranda!"

„Mache ich."

Noch ehe sie ihn nach draußen begleiten konnte, hatte er schon seine Jacke vom Haken genommen und zog die Tür hinter sich zu.

Miranda sah ihm vom Fenster aus nach.

Er zündete unten die Zigarette an, lief auf und ab, telefonierte eine Weile und ging dann Richtung Hafen.

Miranda drehte sich zu Isabel um, die jetzt auf dem Tisch stand und aus der Tasse mit Thymian-Kamillen-Tee trank.

„Schon komisch diese Sache", sagte sie zu ihr. „Und wo ist denn Mumpitz abgeblieben? Hat dem wieder der Tabakgeruch nicht gepasst?"

Mumpitz mochte Nexus nicht, was Miranda nicht wunderte.

Dass er beleidigt war, gab ihr die Gelegenheit, die kleine Isabel zu füttern. Sie konnte so in Ruhe fressen, ohne verjagt oder angerempelt zu werden.

Aber Isabel verweigerte auch jetzt das Premium-Katzenfutter.

„Na, komm!“, sagte Miranda zu ihr. „Ich weiß, dass ihr Schleckermäulchen seid. Aber das hier ist gutes Zeug aus dem Fachgeschäft. Und du bist ohnehin nur eine halbe Portion.“

Isabels Näschen zuckte und sie ging rückwärts von der Schale mit Futter weg.

Also schnitt ihr Miranda etwas von dem Hühnerfleisch klein, dass sie für sich selbst aufgehoben hatte.

Isabel schüttelte sich und floh ins Wohnzimmer.

Miranda zuckte die Achseln, aß das Hühnchen, das die Katze ja nicht einmal annähernd berührt hatte, und beschloss, sich im Tierladen beraten zu lassen.

Diese Katze war zu dünn und würde notfalls die Paste vom Tierarzt bekommen müssen. Offenbar lief sie schon lange alleine herum und rührte nichts von dem an, was andere Katzen liebend gern genommen hätten.

Glücklicherweise wies sie keine Verletzungen auf und das Fell sah jetzt, da es trocken war, eigentlich ganz gesund aus.

„Ich gehe dein Foto aushängen“, rief sie Isabel zu und holte ihre Halbstiefel unter dem Bett hervor.

Interessant

Isabel beobachtete von ihrem erhöhten Platz aus, wie Miranda die Wohnung verließ.

So, so.

Es verschwanden also magisch begabte Personen.

So wie sie selbst.

Hoffentlich wurden sie nicht alle zu Katzen! Das war so ... unpraktisch.

Inzwischen konnte sie zwar die Gelegenheit würdigen, die eine andere, ganz neue Perspektive nun einmal bot, doch wäre sie lieber daheim gewesen, statt auf einem nicht sehr gut staubgewischten Schrank zu sitzen.

Und Mirandas Bemühungen, ihr Essen zu geben, waren ja gutgemeint, aber bei Hekate! Isabel war nun mal Vegetarierin!

Sie erwischte sich schon wieder dabei, die Pfote zu belecken.

Umso dringender musste sie versuchen, sich rückverwandeln zu lassen. Ehe sie ganz verkatzte.

Nur wie? Wie sollte sie ausgerechnet Miranda dazu bringen, sie als diejenige zu erkennen, die sie in Wahrheit war? Und –

Isabel machte sich da gar nichts vor – Miranda besaß nicht die magischen Fähigkeiten, einen so komplexen Zauber rückgängig zu machen. Nie und nimmer.

Als Isabel jetzt nach unten sah, stand dort der Perserkater. Er sah aus wie eine zu groß geratene Flaschenbürste, der Schwanz so dick wie ein Nudelholz.

„Komm nur herunter!“, schien er sagen zu wollen.

Auf die Entfernung lieferten sie sich ein Duell der Blicke.

Isabel musste sich eingestehen, dass ihr Mumpitz Angst machte. Immerhin war er riesengroß. Als ob man plötzlich wie Alice ins Kaninchenloch gefallen und dabei geschrumpft wäre.

Doch eins konnte das Riesentier wohl nicht: auf den Schrank gelangen. Dazu war er zu schwer oder zu unbeweglich.

Deswegen baute er sich da unten auf und sah aus, als hätte er sich elektrisch aufladen lassen.

„Verschwinde“, herrschte sie ihn an, doch kam natürlich wieder dieser idiotische Katzenlaut aus ihrer Kehle.

Und Mumpitz reagierte darauf mit einem Fauchen, das einen ausgewachsenen Tiger stolz gemacht hätte. Isabel wäre vor Schreck beinahe vom Schrank gefallen.

Sie versuchte, mit ihm zu reden, musste aber feststellen, dass sie zwar die Gestalt einer Katze besaß, sich aber deswegen noch lange nicht mit einem anderen Katzentier verständigen konnte.

Alles, was sie zu sagen versuchte, machte Mumpitz nur ärgerlicher. Also ringelte sie sich da oben in luftiger Höhe zusammen und ehe sie es sich versah, war sie eingeschlafen.

Sie träumte von Hexen, die sich alle in alte Drachen verwandelt hatten und sie nun fressen wollten, und erwachte benommen und mit klopfendem Herzen, als die Tür aufgeschlossèn wurde, und Miranda zurückkehrte.

„Dein Foto habe ich ausgehängt und bestimmt kommst du bald heim", sagte sie und packte ihre Einkaufstasche aus. „Ich habe auch Futter für sensible Katzen gekauft."

Dieses Futter fraß dann Mumpitz und erbrach es wenig später auf jeden Teppich der Wohnung und den Badvorleger. Schön verteilt.

Es war wie eine Reviermarkierung.

Isabel hörte das Würgen und sah dann Miranda beim Putzen zu. Da tat sie ihr wirklich leid.

„Du musst essen", sagte Miranda dann ernst. „Was machen wir denn da?"

Isabel miaute kläglich. Immerhin hatte sie ja Hunger. Nur nicht auf Katzenfutter oder andere Fleischprodukte.

Sie kam erst herab und bewies ihren gesunden Appetit, als Miranda sich selbst eine Suppe aus kleinen orangeroten Linsen gemacht hatte.

„Glaubt man das?", fragte Miranda, schöpfte ihr dann aber etwas Suppe auf einen Unterteller und im Nu war die Linsensuppe verschwunden.

Mit angenehm gefülltem Magen taumelte Isabel ins Wollkörbchen und rollte sich dort zusammen.

Sie musste über Magie nachdenken, über das Verschwinden von Zauberern und Hexen, doch sie konnte es nicht. Ihr

Magen war zu voll, die Wolle zu weich. Und so schlief sie auch bald selig und bekam gar nicht mit, wie Miranda spülte und aufräumte. Erst das Klingeln des Telefons ließ sie erwachen.

Zunächst interessierte sie sich nicht für das Gespräch, dann fragte Miranda: „Isabel Bowles? Tatsächlich? Wohin sollte sie denn verschwinden, Liebes?“

Isabel gähnte, streckte sich – jedes Bein einzeln – und lief dann in den Flur, wo Miranda neben dem Festnetztelefon stand.

„Ja, das habe ich bereits anderweitig gehört. Nur schien es mir abwegig. Wie können den Magiekundige in aller Welt auf einmal fort sein? – Ein geheimes Treffen? – Ja, wie? Nein!“ Isabel spitzte die Ohren, um mitzubekommen, was die Person am anderen Ende sagte, doch blieb es ein Knistern und Rauschen, vielleicht, weil Miranda den Hörer so fest ans Ohr presste.

„Natürlich würde man uns nicht einladen. Wir sind ja nur Wald- und Wiesenhexen. Aber trotzdem, Dorothea ...“

Ah, sie sprach also mit Dorothea Woolcott.

Isabel kannte sie von derselben Veranstaltung wie Miranda. Sie wohnte in London und wusste vielleicht tatsächlich mehr als die Leute hier in Ipswich. Auch so eine mittelalte Kräuterhexe, die selten den Zauberstab und noch seltener ein Buch in die Hand nahm.

Diese Frauen interessierten Isabel sonst wenig und sie empfand es als Ironie des Schicksals, dass sie jetzt Mirandas Hilfe brauchte.

Miranda lehnte sich vor, hob sich Isabel auf den Arm und so standen sie beide vor dem Flurspiegel, die mollige, wenig elegante Miranda und sie selbst.

Isabel sah sich zum ersten Mal selbst seit sie verwandelt worden war.

Oh je, was für ein armseliges kleines Ding! Kein Wunder, wenn Miranda versuchte, sie aufzufüttern! Hübsch allerdings. Ja, durchaus hübsch. Mit ausdrucksvollen, aber ein wenig zu ängstlich blickenden Augen.

Inzwischen sprach Miranda weiter mit Dorothea.

„Sagen wir mal, du hättest recht – was sollen wir dann tun? Es ist ja auch anderen aufgefallen. Die Schwesternschaft spricht bestimmt darüber ... was? Ja, natürlich. Ja, Nexus kam und hat mir von Zauberern in Burkina Faso oder sonst irgendwo erzählt. Er meint, es wären überall im Commonwealth Hexen und Zauberer wie ... na, ja ... wie weggehext." Miranda lachte trocken. „Wer könnte denn solche Macht besitzen, sag mir das, Doro!"

Isabel betrachtete ihr Spiegelbild.

Sie hatte jetzt ein rosa Näschen.

Sie wirkte tatsächlich fast zu süß und zu knuffig, um wahr zu sein.

Aber irgendwer hatte sie ernst genommen und erkannt, dass sie wichtig war. Und deswegen war sie verwandelt worden.

Konnte das sein?

Hatte jemand zielgerichtet und absichtlich fähige Hexen und Zauberer verschwinden lassen? Weltweit?

Bisher war ihr das wie eine alberne Geschichte vorgekommen. Nur – weshalb war sie denn dann jetzt eine Katze, wenn nicht irgendwer das so gewollt hatte?

Ein Unfall erschien unwahrscheinlich. Schließlich wusste sie, was sie tat. Und sie hatte auf keinen Fall selbst irgendeinen Zauber gewirkt, der sie zu einem Kätzchen machen konnte.

Das war ziemlich bedeutsame Magie.

Vielleicht würde sie selbst das nicht einmal hinbekommen.

Ihr letzter Zauber war mithilfe einer Sigille erfolgt – einer magischen Zeichnung. Sie hatte diese magisch aufgeladene Zeichnung für einen Auftraggeber erstellt, der schon früh im Leben kahl wurde. Er wünschte sich dichtes und volles Haar.

Konnte das …? Nein.

Selbst wenn sie diesen Zauber falsch gewirkt hatte, konnte dabei nicht solch eine Verwandlung herauskommen!

Miranda kraulte ihr gedankenverloren den Nacken, während sie telefonierte, und Isabel zog den Kopf weg.

Es war Zeit, aktiv zu werden. Sie hatte sich aufgewärmt, gegessen, Thymiantee getrunken und würde jetzt sehen müssen, wie sie nach draußen kam, um der Sache auf den Grund zu gehen.

Miranda war zu begriffsstutzig und zu wenig magisch begabt, um in einer solchen Lage zu helfen.

Weshalb hatte sie das nicht sofort erkannt?

Weil es so nass gewesen war und so kalt.

Aber jetzt hieß es, das gastliche Haus wieder zu verlassen und jemanden mit wahrer Macht zu suchen.

Oder die Wahrheit über all das ganz alleine herauszufinden. Wozu war sie schließlich die Großhexe Isabel Bowles und Autorin zahlreicher magischer Bücher?

Tabak und Schmutz

Nexus kannte eine Menge gefährlicher Treffpunkte in der Gegend von Ipswich.

Die meisten betrat er ohne Furcht. Er hatte sich in all den Jahren bei einigen Mitgliedern der magischen Zunft Respekt verschaffen können.

Aber es blieben drei oder vier Orte, die selbst ihm nicht geheuer waren.

Zwei davon mied er schon sein Leben lang.

Bei einem war er gerade noch so weggekommen.

Den Letzten jedoch fürchtete er am meisten.

Dabei war es von außen betrachtet ein freundliches und einladendes Geschäft, mit hübsch dekorierten Fenstern, voll mit Stricksachen aller Art, Körben mit Wolle, in denen dicke Stricknadeln aus Holz steckten, und niedlichen Häkeltieren überall.

Über dem Eingang stand: *Somerleyton, beste Wolle seit 1921, Inhaberin: Janet Somerleyton*

Nexus wischte sich Tabakkrümel vom Shirt und drückte die Ladentür auf.

Glöckchen klingelten.

Nexus bemühte sich um eine gerade, selbstbewusste Haltung, als er zur Theke ging, wo eine Frau mit üppigem weißem Haar gerade an einem bonbongelben Kinderstrampler strickte.

„Hi, Mum“, sagte er.

Sie sah nicht von ihren feinen, silbrig schimmernden Nadeln auf.

„Welch überraschender Besuch.“

„Es verschwinden Hexen“, sagte Nexus. „Und Zauberer.“

„Aha.“

„Was heißt aha?“, fragte er zu laut und zu aggressiv.

„Nicht dieser Ton“, mahnte sie und stach durch die nächste Masche.

„Es macht alle nervös.“

„Trotzdem musst du dich nicht so aufführen. Dies ist ein renommiertes Geschäft und man befleißigt sich hier eines angemessenen Verhaltens, außer man ist Tourist.“

Diese alte Leier wieder.

Nexus starrte einen Häkelteddy an, der aussah, als würde er zurückstarren.

„Mum, erspare uns doch diesen Kram! Draußen gehen sonderbare Dinge vor sich. Das weißt du vermutlich ganz genau!“

„Ja, und deshalb ist es nicht nötig, herzukommen und sie mir entgegenzubrüllen." Sie legte das Strickzeug zur Seite und stand auf. Nexus wich ganz automatisch zurück. „Statt deine arme alte Mutter zu belästigen, könntest du längst unterwegs sein und etwas *unternehmen.* Was kommst du zu mir, als seist du noch nicht trocken hinter den Ohren?"

„Ich komme", erklärte Nexus tapfer, „weil du überallhin Kontakte hast und vermutlich schon viel mehr über diese Sache weißt als ich."

„Und da möchtest du dir mein Wissen abholen wie ein Pausenbrot, mit dem du dann mit krummem Rücken an der nächsten Bushaltestelle stehst wie in der siebten Klasse?"

Warum war er bloß hergekommen?

„Ich möchte verstehen, was vorgeht", versuchte er es noch einmal. „Es könnte für uns alle gefährlich sein. Es sind ganz große, wichtige Leute, die verschwinden. Warum würde jemand das wollen? Doch nur, wenn er mächtige Gegner beiseite räumen will, ehe er ..."

„Ehe er *was?*", fragte seine Mutter. „Und wieso *er?*"

„Er oder sie, egal. Worum geht es?"

„Finde es heraus", sagte seine Mutter. „Da würdest du zum ersten Mal im Leben etwas Nützliches tun."

„Aber wie fange ich das an?", fragte er kleinlaut.

Seine Mutter setzte die Lesebrille ab und fuhr sich mit der Hand über die Augen, als sei sie müde.

„Schau mal, Junge! Es gibt so viele offensichtliche Ansatzpunkte. Halte dich an die! Und wundere dich nicht, wenn auch ich eines Tages weg sein sollte."

„Mum!"

„Es wäre immerhin möglich." Sie setzte die Brille wieder auf und sah ihn über die Gläser hinweg an. „Und eines könnte dir jetzt helfen. Du bist nie ein besonders guter Magier geworden. Dein Ruf ist der eines mittelmäßigen, ambitionslosen Kleinstadtzauberers, der nichts vom dem geerbt hat, was seine Vorfahren bedeutend machte. Kein Bösewicht würde dir auch nur ein Fingerschnippen gönnen." Sie lächelte unerwartet. „Und das wäre mein Vorschlag: Tu dich mit anderen zusammen, die ebenfalls kein großer Magier zweimal angucken würde!"

„Was?", fragte Nexus halb empört, halb ermutigt, weil er verstand, worauf sie hinauswollte.

„Frag nicht, geh und finde ein loses Ende. Dann folge ihm und versuche, ein Muster zu erkennen. Und dann komm wieder her. Keine Sekunde früher. Ich habe hier alle Hände voll zu tun und brauche niemanden, der herumsteht und überflüssige Fragen stellt."

„Danke und tschüss."

Nexus verließ eilig das Geschäft und ging bis zur nächsten Ecke, ehe er sich eine Zigarette ansteckte. Seine Mutter hasste den Geruch von Tabak.

Er stand dann da, sah zum Fluss, der heute glatt und bleigrau aussah, und wunderte sich.

Seine Mutter wusste eindeutig einiges. Sie fürchtete sogar, es könnte sie selber treffen. Das passte, denn im Gegensatz zu ihm war sie ja außerordentlich zaubermächtig. Sie war interessant.

Er war es nicht.

Und sie hatte sofort den Vorteil erkannt, der darin lag.

Nexus überlegte, welche anderen Leute er kannte, die ihm unter diesen Umständen helfen konnten. Da war natürlich Miranda.

Sie brauchte immer etwas Zeit, ehe sie sich für irgendetwas erwärmen konnte. Aber dann war auch Verlass auf sie.

Wer noch? Mittelmäßige Hexen und Zauberer musste es ja mengenweise geben, ganz im Gegensatz zu den wirklich guten oder sogar großartigen.

Da fiel ihm Perry ein. Perry war ein Alchemist, der vor allem Salben und Tränke herstellte. Er konnte kein Gold machen oder sonst irgendetwas von dem, was bedeutende Alchemisten angeblich vollbrachten.

Zu ihm konnte er gehen und ihn um Unterstützung bitten.

Nur machte Perry nicht auf, als Nexus zwanzig Minuten später an seiner Wohnungstür klingelte.

Er versuchte es noch zweimal und beschloss dann, später erneut bei Perry vorbeizuschauen. Was konnte er in der Zwischenzeit tun?

Nun, beispielsweise in den Rauchsalon gehen.

Dieser Treffpunkt hieß schon seit 1928 so, doch geraucht wurde da aus gesundheitlichen Gründen schon lange nicht mehr. Trotzdem standen überall Aschenbecher und die vergilbten, ein wenig klebrigen Gardinen hingen dort wie eine Mahnung, bloß nicht wieder mit dem Rauchen anzufangen.

Der Salon war in einem kleinen Häuschen im Süden der Stadt eingerichtet worden und zu seiner Blütezeit hatten hier bedeutende Magiekundige verkehrt. Das war lange her. Spätestens seit den Siebzigern kamen hier nur noch wenige Besucher hin. Das lag auch an Hakon, dem Hohepriester, Besitzer, Hausmeister und Putzmann, der all seine Ämter gleichermaßen schlecht ausübte.

Von der Geheimgesellschaft waren überwiegend Erinnerungen geblieben und das mit dem Putzen war eher eine seltene Angelegenheit.

Dementsprechend bot der Salon eine Atmosphäre aus altem Nikotin und kaum weniger altem Staub. Man munkelte, dass jemand, der sich hier verletzte, eine Tetanusspritze dringend brauchen würde, so schmutzig wie alles war.

Nexus klopfte auf die alte, schon abgenutzte Thekenglocke und ein Husten antwortete. Dann kam Hakon durch einen mottenzerfressenen grünen Samtvorhang.

„Nexus, alter Freund! Was bringt dich denn hierher?"

Nexus hätte beinahe gesagt: „Die Verzweiflung." Aber dann korrigierte er sich auf: „Ich möchte gerne in die Bibliothek."

„Oh. Oh, gut."

Hakon grinste begeistert. Die Nutzung der Bibliothek kostete satte vier Pfund für vierundzwanzig Stunden und vermutlich konnte er das Geld gut gebrauchen. Nexus zählte es ihm in die großen, fleischigen Hände.

„Ich finde, was ich suche und brauche keine Hilfe", behauptete er.

„Ja, ja, ich will gar nicht wissen, was du lesen möchtest."

Hakon trug das Geld davon wie ein fettes Sparschwein, das es zu schlachten galt.

Offenbar ging es ihm finanziell wirklich nicht gut.

Nexus stieg die schmale, knarrende Treppe hinauf, öffnete die Tür zur Bibliothek und schaltete das Licht ein.

Die Kronleuchter wirkten schon fast blind vor Staub. Nexus nahm sich einen Stuhl und putzte vorsichtig ein paar der Glühbirnen sauber. Manche waren schon ausgebrannt und ohnehin dunkel. Das Licht reichte gerade, um sich grob zu orientieren. An den Regalen benutzte Nexus dann sein Handy, um sich zu leuchten.

Seine Suche galt Büchern über das Verschwindenlassen von Dingen oder Personen und generell Bänden über die Anwendung großer Magie. Wenn die darin aufgeführten Zauber zu schwierig waren, machte das erstmal gar nichts. Er wollte ja herausfinden, was benutzt worden war. Einen solchen Zauber dann wieder rückgängig zu machen, das überließ er gerne Berufeneren.

Doch erstmal musste er überhaupt fündig werden.

Hakon bekam deshalb immer wieder Eintritt bezahlt, weil er hier seltene und alte Bücher stehen hatte. Viele davon gab es nur noch in wenigen Exemplaren weltweit. Andere waren sogar

Privatdrucke, die einem Büchersammler sicherlich viel Geld wert gewesen wären. Aber egal, wie knapp Hakon bei Kasse war – er würde niemals eins der Bücher verkaufen. Vor sechzehn Jahren hatte er die Bibliothek von seinem Vorgänger übernommen und gelobt, sie zu schützen und zu bewahren. Und das tat er.

Dazu gehörte es auch, den Besuch nicht unnötig angenehm zu machen. Das hätte nur neugierige Leute angezogen, die dann Unsinn anstellten oder versuchten, Bücher zu stehlen. Nexus war nicht so dumm, das zu tun. Er wusste, dass mächtige Zauber die Bibliothek beschützten, älter als er selbst es war, älter als Hakon.

Und so bekam eben der Großmeister und Putzmann des Ordens immer mal wieder vier Pfund. Manche Hexen kamen sogar von weiter her, um hier altes Wissen nachzulesen.

In Gedanken versunken und ohne rechte Hoffnung stöberte Nexus in den Regalen. Doch schließlich besiegte ihn der Staub. Er hustete und hustete und ergriff nach rund zwei Stunden die Flucht, ohne einen Zauber entdeckt zu haben, der infrage kam. Also würde er morgen noch einmal kommen und noch einmal vier Pfund zahlen.

Als er das Hakon sagte, lächelte der beleibte alte Zauberer und sagte: „Ich sehe dich immer gerne, mein Freund."

Und das hörte Nexus wirklich nicht oft.

Am Fluss

Janet Somerleyton hatte die Sechzig längst überschritten und wirkte so, als säße sie eigentlich immer zwischen ihren Strickkörben.

Das hinderte sie jedoch nicht daran, jetzt zum Ufersaum des Orwell hinabzuklettern.

Sie hatte im Leben viele nächtliche Rituale durchgeführt und fürchtete sich nicht vor Tod und Teufel, dieses jedoch war am Tag abzuhalten und bedurfte besonderer Vorbereitungen.

Vor allem musste sie darauf achten, dass keine Unberufenen die Zwiesprache mit jener Welt störten, die sie nun kontaktieren würde.

Mit einem alten, bewährten Hexenbesen fegte sie eine Fläche von mehreren Quadratmetern frei, was nur gelang, weil das Amt für Wasserwirtschaft hier eine Fläche betoniert hatte, die ein Stück aufs Wasser hinausragte.

An dieser Stelle nahm die Stadt Proben und kontrollierte den Fischbestand. Aber nicht heute.

Das Wetter lud nicht dazu ein, sich am Fluss aufzuhalten. Der Wind strich beißend kalt über das Wasser hinweg und nicht einmal eine Ente ließ sich sehen, keine Gans, überhaupt kein Wasservogel.

Leider trotzte ein Angler der Witterung, hatte schräg gegenüber Position bezogen und seine Angel ausgeworfen.

Janet beobachtete ihn kurz, dann ließ ein Schnippen ihrer Finger eine kleine Mutter von einer Schraube gleiten und im nächsten Augenblick brach der militärgrüne Klappstuhl unter dem Mann zusammen.

Seinen saftigen Fluch konnte sie noch auf ihrer Seite des Flusses hören. Er hob den kaputten Stuhl auf, suchte vergeblich im hohen Gras nach der fehlenden Schraube und zog nach weniger als fünf Minuten ab, seine Angel über der Schulter und einen Eimer in der Hand, in dem die Reste des Klappstuhls verstaut waren.

Janet nickte zufrieden. Zuhause hatte der Angler sicherlich eine Schraube, mit der er den Stuhl reparieren konnte.

Auf ein weiteres Schnippen der hageren Finger hin, begann leichter Eisregen zu fallen.

Das würde Janet weitgehende Ungestörtheit sichern. Gemütlich fand sie es aber selbst nicht. Sie zog ihren Schal enger um den Hals, packte den Pappteller aus, den sie dabeihatte, dekorierte ihn mit getrockneten Blüten und richtete dann die Gaben darauf an: feinstes Fischfilet, zarte Gemüsestücke und eine kleine Goldmünze im Wert von rund dreißig Pfund.

Diesen Teller setzte sie dann sehr vorsichtig aufs Wasser, damit er nicht kippte. Mit dem Besenstiel schob sie ihn in die Strömung hinaus.

Die Anrufungen, die sie sprach, verstand sie selber nicht, so alt waren sie. Sie wusste nur, wen man damit rufen konnte. So hatte man zu Zeiten der Könige gesprochen, die lange vor Artus das Land regierten, und es gab nicht einmal Schriftstücke aus jenen längst versunkenen Tagen.

Es dauerte nicht lange, da verschlechterte sich das Wetter noch mehr. Dicke Schneeflocken schränkten die Sicht ein.

Etwas Dunkles glitt gegen die Strömung heran.

„Ich grüße dich", sagte Janet.

„Was willst du?"

„Mit dir reden."

„Lange kamst du nicht. Weshalb also jetzt?"

„Ich hörte, ihr begehrt, festen Boden zu betreten."

„Besiegt und gebannt warten wir schon lange. Spüren wir eure Schwäche, nutzen wir sie. Was dachtest du?"

„Genauso dachte ich. Ich will dich daher warnen, dass Flusshüter ein Auge auf den Orwell haben und euch auch noch gefährlich werden können, wenn viele Hexen und Zauberer nicht mehr da sind."

Mit einem Satz war er aus dem Wasser.

Hoch ragte er über ihr auf. Wasser perlte von seiner blaugrauen Haut, die teilweise von Haar bedeckt war, wie man es von Seehunden kennt.

„Kleide deine Drohung nicht in das Gewand einer Warnung!“

„Ich drohe nicht und muss es nicht“, erwiderte sie mit fester Stimme. Ihr weißes Haar hatte schon eine Kappe aus Schneeflocken, sodass es doppelt so üppig erschien, doch war sie auch so sehr viel kleiner als er. „Ich meine den Rat ernst und ihr solltet ihn beherzigen, denn sonst entsteht nur Unheil auf beiden Seiten.“

„Gib mir keinen Rat, sondern deinen Sohn!“

„Mein Sohn ist erwachsen und entscheidet selbst über sich. Er kann nicht gegeben werden.“

Minutenlang herrschte Stille. Der Schnee schluckte alle Geräusche ringsum.

„Dein Sohn ist nicht sicher in deiner Welt. Er wäre besser bei mir aufgehoben. Er macht gefährliche Dinge, kennt gefährliche Menschen. Schon sind einige aufmerksam geworden.“

„Ich achte auf ihn“, versprach Janet. „Du achte auf dich, das ist alles, was ich will.“

Das führte zu noch mehr Schweigen.

Dann glitt er wieder ins Wasser, in dem Schneeflocken vergingen, um eins zu werden mit dem Fluss.

„Achte du auf dich, Hexe! Bring mir weiches weißes Brot und Kuchen. Bring mir Perlen aus Glas, so blau wie der Himmel. Und sage deinem Sohn, er soll den anderen Menschen nicht trauen.“

„Nexus ist nicht vertrauensselig, da sorge dich nicht. Und du sage mir, ob die Fimori wirklich planen, heraufzukommen!"

Aus dunklen, kugelrunden Augen sah er sie an.

„Noch warten wir. Noch wachen Zauberkundige. Doch unsere Augen sind weit geöffnet, unsere Ohren hören jedes Wort in weitem Umkreis. Vergiss das nicht!"

„Wie könnte ich das?", fragte Janet, schulterte ihren Besen und kehrte durch das Schneetreiben zu ihrem Laden zurück.

Flucht

„Was machst du denn, was machst du denn?", rief Miranda, als ihr Isabel zwischen den Beinen hindurchschlüpfte und in den dunklen Hausflur rannte. „Isabel!"

Isabel hätte am liebsten gelacht. Wie leicht war es doch, Miranda zu entkommen. Bis zur Haustür jedenfalls.

Die war zu.

Und als Isabel nach der Klinke sprang, passierte exakt gar nichts, außer, dass sie von da wieder zu Boden plumpste.

Ärgerlich miaute sie.

„Isabel", rief es von hinten.

Dann hatte sie das Gefühl, etwas würde an ihr zupfen.

Miranda versuchte es also mit Magie. Isabel widersetzte sich dem Bedürfnis, sich umzudrehen und zur Wohnungstür zurückzukehren. Sie sprang noch einmal nach der Klinke. Als das nichts nutzte, drehte sie dann doch um, lief aber an Miranda und der offenen Wohnungstür vorbei und die Treppen hinauf.

Das war dumm. Aber irgendwie hoffte sie auf ein Fenster oder einen Schacht. Auf irgendeinen Fluchtweg.

Nur war alles im Haus wie verrammelt.

Aufgeregt hetzte Isabel hierhin und dahin. Miranda rief nach ihr und wirkte ihren kleinen Lockzauber. Irritiert kratzte sich Isabel am Hinterteil. Der Zauber kitzelte und zog an ihr. Einfangen ließ sie sich deswegen noch lange nicht.

Plötzlich schrillte die Klingel durchs Haus.

Sie hörte Miranda an der Sprechanlage etwas von *Katze u*nd *weglaufen* sagen. Dann summte etwas und Isabel rannte, was die kleinen Beinchen nur hergaben, erreichte die Haustür, gerade, als sie aufgestoßen wurde, und mit einem lauten, triumphierenden Maunzen schoss sie zwischen zwei schwarzen Turnschuhen hindurch und in die Freiheit.

Hinter ihr gab es Geschrei, doch sie blieb nicht stehen.

Gut, geschafft. Sie war wieder frei. Frei ohne Essen, frei ohne die Möglichkeiten, die ein menschlicher Körper bot.

Frei, wie sie kurz darauf feststellen musste, um sich von einem saublöden Rottweiler jagen zu lassen, der sein Herrchen mehrere Meter hinter sich her schleifte, ehe er zum Stehen gebracht werden konnte.

Da saß Isabel schon auf einer Mülltonne und miaute auf das dumme Vieh hinab. Dann stiegen ihr unappetitlich die Gerüche aus der Tonne in die Nase und sie suchte das Weite.

Aber wohin jetzt?

Ihre erste Idee, Miranda aufzusuchen, hatte sich als hilfreich erwiesen, um dem Regen zu entkommen, doch das war auch schon alles. Sie brauchte jemanden mit größeren Kräften, umfangreicherem Wissen. Jemanden, dem sie klarmachen konnte, dass sie die Großhexe Isabel Bowles war und aus diesem lästigen und lächerlichen Zustand befreit werden musste.

Je länger sie darüber nachdachte, desto mehr sank ihr der Mut. Wo sollte sie eine solche Person finden?

Ipswich besaß Dutzende von magisch versierten Einwohnern, aber sie war die einzige Großhexe unter ihnen. Der bekannteste Zauberer gehörte zu der eher dunklen Sorte und würde ihr nicht helfen, sondern sie bestenfalls verspotten, wenn nicht einsperren und dann böse Dinge mit ihr tun.

Sie schauderte.

Am Straßenrand wartete sie brav, bis die Ampel grün zeigte und ein paar Kinder lachten und zeigten auf sie. Zwei Mädchen kamen gerannt und wollten sie hochheben, was Isabel wieder einmal davonlaufen ließ.

Man hatte es als Katze ja wahrhaft nicht leicht!

Wohin, Isabel?

Sie wusste es nicht.

Ihr war es so wichtig gewesen, von Miranda fortzukommen, dass sie gar nicht genau darüber nachgedacht hatte, wie es dann weitergehen sollte.

Sie überlegte, ob sie einen Sprung auf die nächste Mauer schaffen würde, doch das war schlecht. Denn kaum hatte sie sich das gefragt, verhedderten sich beim Versuch ihre Beine und sie sprang viel zu kurz.

Sie setzte sich.

Nachdenken, Isabel. Nachdenken.

Vielleicht war es eine Idee, in der magischen Bibliothek von Ipswich nach einer Lösung zu suchen. Es war naheliegend für zauberbegabte Menschen, ihr Heil in Büchern zu suchen.

Bücher hatten das Wissen der Jahrtausende in sich aufgenommen. Ein Buch verwies auf das nächste und so tat sich oft ein Weg auf, der an das gewünschte Ziel führte. In diesem Fall bestand es in einem Zauber, um Verwandlungen rückgängig zu machen.

Isabel überlegte, dass sie da weit zurückgehen musste, denn schon lange wurden komplette Änderungen der Gestalt nicht mehr gelehrt. Diese Magie war gefährlich. Sie besaß Nebenwirkungen. Daher hatten die Zirkel und Orden in den sechziger Jahren angefangen, entsprechende Bücher einzusammeln und wegzuschließen, lange vor Isabels Geburt.

Sie war so versunken in ihre Überlegungen, dass sie beinahe von einem Teenager aufgehoben worden wäre. Im Reflex trat sie aus, kreischte empört und schoss dann pfeilgerade über die Straße und wäre fast überfahren worden.

Sie rettete sich unter ein parkendes Auto, schnaufte und ihr kleines Herz klopfte heftig.

Wie sehr wünschte sie sich ihre menschliche Gestalt zurück!

Nur halfen Wünsche nur, wenn man sie magisch auflud und verstärkte. Und genau dazu war sie als Katze nicht in der Lage.

Oder vielleicht doch? Würde ihre Willenskraft nicht genügen? Eine Hexe war doch wohl immer und unter allen Umständen eine Hexe!

Isabel richtete sich ein Stück auf, stieß prompt mit dem Kopf gegen den Wagenboden über ihr, wandte die Konzentration nach innen und richtete ihre Kraft auf ein welkes Blatt, das keinen halben Meter entfernt im Rinnstein lag.

„Bewege dich!"

Das Blatt bebte leicht.

Na also!

Dann fegte ein Windstoß es davon. Und so oft es Isabel in den nächsten fünfzehn Minuten auch versuchte, kein Blatt gehorchte ihrem Willen. Dieses erste hatte auch nur auf den Wind reagiert.

Isabel wäre jedoch keine Großhexe gewesen, hätte sie nicht Ausdauer besessen. Sie probierte also ein weiteres Dutzend einfacher Zauber aus, ehe sie aufgab. Jämmerlich, klein, weiß und hungrig saß sie unter dem Auto und tat sich selbst leid.

Dann verlegte sie sich wieder auf ihren vorher gefassten Plan. Sie würde den Rauchsalon aufsuchen, den Treffpunkt eines alten magischen Ordens. Und dort würde sie in den Zauberbüchern stöbern, bis sie etwas fand, das ihr helfen würde, endlich wieder Isabel Bowles zu werden. So wie man sie kannte und respektierte.

Dazu musste sie den Rauchsalon erst einmal finden.

Aus der Perspektive einer Katze aus betrachtet, sah die Welt anders aus. Die Laternenpfähle ragten ungeheuer weit in den

Himmel hinauf, ebenso die Ampeln. Und die Menschen. Von ihnen sah Isabel vor allem Schuhe und Hosenbeine, Beine mit Strümpfen, alle möglichen Arten von Beinen. Es kam ihr vor wie ein Wald, der sich ständig bewegte und sie verwirrte.

Straßen und Plätze, die sie kannte, sahen auf einmal ganz anders aus. Wegmarken befanden sich zu weit oben.

Isabel irrte in einer Stadt umher, die ihr auf einmal fremd geworden war.

Und dabei versuchten ständig irgendwelche Menschen nach ihr zu greifen.

„Schau mal wie süß! Eine ganz weiße Katze!“

„Oh, ein kleines Kätzchen, das sich verlaufen hat. Mama, können wir es mitnehmen?“

Sätze wie diese hörte Isabel in den nächsten Minuten ständig und sie entging mehrere Male nur knapp dem Zugriff durch Hände, die überraschend von oben kamen.

Klüger geworden, bewegte sie sich bald nur noch von einem parkenden Auto zum anderen und sehnte die Nacht herbei.

Als seien ihr Verfolger auf den Fersen, hetzte sie schließlich in den Hinterhof, in dem der Rauchsalon lag.

Die schwere Holztür war geschlossen.

Ringsum gab es nur Mülltonnen und unerfreuliche Gerüche.

Isabel setzte sich wieder einmal und maunzte. Sie maunzte sich die ganze Wut und die Frustration aus dem Leib. Nach fünf Minuten spürte sie vor allem eins: Hunger.

Und Miranda mit dem Thymiantee und der Linsensuppe war weit, weit fort.

Nach langen Minuten kam Isabel auf die Idee, sich das Gebäude von allen Seiten anzusehen. Dazu verließ sie den Hinterhof und spazierte um das Haus herum. Leider waren auch alle Fenster zu. Sollte sie aufs Dach klettern und es durch den Kamin versuchen?

Sie sah auf ihre schneeweißen Pfoten.

Vielleicht besser nicht.

Das Dach war auch sehr, sehr weit oben. Im Kamin gab es vielleicht irgendetwas, das den Zugang verschloss und sie würde feststecken. Sie sah zu den Fenstern hinauf, leckte sich die Hinterpfote, merkte, dass sie das tat und setzte schnell wieder das Füßchen zu Boden.

Bäh, jetzt hatte sie Straßendreck auf der Zunge!

Ganz wunderbar.

Sie erschrak ganz fürchterlich, als plötzlich vor ihr ein zotteliges Etwas mit großen glänzenden Knopfaugen auftauchte. Unwillkürlich machte sie einen Überschlag rückwärts, landete auf allen Vieren und wollte davonstürmen, dann packte sie etwas im Nacken und sie schrie auf.

Im nächsten Augenblick hatte sie sich herausgewunden und geschlängelt und verzog sich unter das nächste parkende Auto.

Wieder einmal.

Der Hund, als das sich das fürchterliche Wesen herausstellte, umsprang den Wagen bellend und kläffend. Isabel duckte sich hinter einen der Reifen und wünschte sich, der Besitzer würde diese Töle endlich zur Räson bringen.

Wie gemütlich erschien doch im Nachhinein der Wollkorb bei Miranda.

Das Gebelle wollte und wollte nicht aufhören, doch dann quiekte der Hund plötzlich, ein Mann brüllte höchst bedauerliche Schimpfworte und dann war es endlich ruhig. Isabel streckte das Näschen heraus, spähte nach links und rechts und konnte ihr Glück gar nicht fassen, als sie plötzlich Hakon auf die Tür des Rauchsalons zulaufen sah.

Ja, er war es. Eindeutig. Von unten her betrachtet, wirkte er noch massiger.

Isabel dachte kurz darüber nach, dass sie vier Pfund brauchen würde, um die Bücher der Bibliothek einsehen zu dürfen. Dann erst fiel ihr ein, dass Katzen keine Gebühren zu entrichten pflegten.

Sie hechtete hinter Hakon her, der ohnehin nicht der Schnellste war und es gelang ihr überraschend leicht, mit ihm nach drinnen zu schlüpfen.

Himmel und Unterwelt! Was für ein Gestank! Sie hatte ganz vergessen, wie hier der Mief von mindestens fünfzig Jahren in den Wänden hing, in den Vorhängen, den Gardinen, dem Teppichboden – einfach überall.

Sie nieste.

Hakon wandte sich nicht einmal um. Vielleicht wurde er schon langsam taub. Oder er war zu betrunken. Sein schlingernder Gang jedenfalls hatte das eben schon vermuten lassen.

Herzhaft gähnend verschwand er in die Küche und Isabel eilte die Stufen hinauf.

Natürlich stand die Tür zur Bibliothek nicht offen. Was also jetzt?

Bücher

„Jetzt vergiss doch mal die dämliche Katze“, knurrte Nexus. „Wir haben wirklich andere Sorgen!“

„Nein. Die Katze ist klein, alleine und mager. Sie könnte überfahren werden.“

„Ist sie ja bisher auch nicht.“

„Nexus, du wirst mir helfen, Isabel zu finden!“

Er stand auf, obwohl er sich eben erst an Mirandas Küchentisch gesetzt hatte.

„Wegen mir. Darf man wissen, weshalb du sie nach einer verschwundenen Großhexe benannt hast?“

„Weil sie sich auf Isabels Buch gesetzt hat. Das über Sigillen-Magie.“

„Ah, das“, sagte Nexus und ein Blick zeigte ihm, dass dieser dicke Band auch jetzt noch neben dem Strickzeug lag. Lässig ergänzte er: „Habe auch schon Kurse zu Sigillen gegeben. Aber ganz ehrlich: So toll finde ich sie gar nicht. Anfänger mögen sie, weil sie geheimnisvoll erscheinen. Und weil man sie sich auch ohne Übung einigermaßen zurechtkritzeln kann. Ich glaube nicht die Hälfte von all dem Zeug, das Isabel in ihrem Buch darüber erzählt."

Miranda deutete ein Schulterzucken an.

„Ich finde das Thema komplex, aber darum geht es jetzt ja nicht. Wir müssen zuallererst die Katze finden!"

„Verschwundene Hexen, verschwundene Katzen ... bald suchen wir halb Ipswich", prophezeite Nexus und folgte Miranda nach draußen. „Du sagst, sie ist weiß? Eher klein?"

„Du hast sie doch gesehen!"

„Ich habe nicht auf sie geachtet."

„Ja, sie ist klein, weiß und grünäugig. Du gehst da lang, ich hier lang. Frage die Leute, die du triffst, ob sie eine weiße Katze gesehen haben! So weit wird sie vermutlich nicht gelaufen sein."

„Wegen mir", murrte er und kaum hatte ihm Miranda den Rücken gewandt, steckte er sich wieder einmal eine Zigarette an.

Jetzt suchte er also eine Katze. So war das mit Verbündeten. Am Ende tat man etwas für sie, dabei sollten sie ja etwas für ihn tun. Und für zahlreiche Hexen und Magier in aller Welt. Aber nein, es musste ja unbedingt jetzt ein Kätzchen gesucht werden!

Nexus ließ die Zigarette fallen, trat sie aus und lief in die angegebene Richtung. Gut! Da ging es zum Rauchsalon. Da konnte er wenigstens nochmal in den Büchern stöbern.

Also klopfte er wieder einmal an die Tür der alten Bibliothek.

Hakon war eindeutig erfreut, ihn zu sehen und nahm mit einem beseligten Lächeln die nächsten vier Pfund entgegen. Nexus nickte ihm zu und ging die Treppe hinauf.

Dort oben saß das Kätzchen, das Miranda vermisste.

Kurios. Und sehr praktisch.

Ehe das kleine Wesen fliehen konnte, hatte er es sich auf den Arm geladen, ging nach drinnen und klinkte erst die Tür zu, ehe er es zu Boden setzte.

„Da wird sich Miranda ja freuen", sagte er.

Er zog das Handy aus der hinteren Hosentasche und rief die Hexe gleich an.

„Habe deine Katze. Sie saß bei Hakon", sagte er. „Am besten kommst du und holst sie. Ich will hier gleich mal in den alten Folianten stöbern."

Als er das Handy wieder weggesteckt hatte, sah die Katze zu ihm auf.

„Husch", sagte er. „Geh Mäuse fangen. Oder putz dich. Ich muss jetzt arbeiten."

Sie gab ein Seufzen von sich, das eher zu einem Menschen gepasst hätte, und lief dann zum Tisch, sprang von dort auf ein Regal und sah von oben her auf die Buchrücken.

Man hätte fast meinen können, sie wolle lesen.

Nexus amüsierte sich nur wenige Sekunden über diesen Anblick, dann setzte er die Suche vom Vortag fort. Allerdings kläffte unten irgendein Hund und wollte sich gar nicht mehr beruhigen.

„Halt die Klappe“, murmelte Nexus. „Oder ich schick dir einen Zauber, der deine Ohrspitzen in Brand setzt wie zwei Kerzen!“

Der Hund hörte ihn natürlich nicht und bellte weiter, bis er das Fenster öffnete. Es war wohl lange nicht mehr offen gewesen und er musste ziehen und zerren, ehe es aufging.

Trotz seiner rabiaten Ankündigung schickte Nexus nur einen magischen Klaps nach unten, der Hund jaulte plötzlich und dann war es still.

Ganze, wunderbare dreißig Sekunden lang.

Dann ging es von vorne los.

Nexus stürmte zur Tür und brüllte zu Hakon hinab: „Bring die Töle da draußen zur Ruhe oder ich will die vier Pfund zurück!“

Dann ging er wieder nach drinnen und lief an den Regalen entlang.

Draußen verfiel der Hund tatsächlich in Schweigen. Also hatte Hakon ihn verjagt. Dass er ihn behext hatte, vermutete Nexus eher nicht. Für den Großmeister eines geheimen Ordens war er wirklich eine Enttäuschung, was Magic betraf.

Nexus zog einen dicken Band aus dem Regal, blies den Staub davon herunter und suchte nach einem Inhaltsverzeichnis. Es gab keins. Das Buch war alt. Er blätterte darin.

Interessante Zauber! Allerdings auch kompliziert und mit warnenden Anmerkungen versehen.

Hier würde er womöglich fündig werden.

Er las sich an der Beschreibung eines Reichtumszaubers fest und war überrascht, als Miranda hereinkam.

„Puh“, sagte sie. „Dieses Haus stinkt ja fürchterlich.“ Dann entdeckte sie Isabel, ging zu ihr und hob sie vom Schrank herab in ihren Arm. „Du dummes, unvorsichtiges Häschen“, schimpfte sie. „Dir hätte etwas zustoßen können! Und hier drinnen ist es nicht gesund für dich.“

Sie strich ihr über den Kopf.

„Was hast du nur mit dem mickrigen Ding?“, fragte Nexus und fotografierte die Seiten mit dem Reichtumszauber, damit er sie zu Hause in Ruhe lesen konnte.

Mittendrin ging das Handy aus.

„Was zum ...“

„Wolltest du etwas fotografieren?“, fragte Miranda. „Weißt du nicht, dass die Bibliothek geschützt ist?“

Nexus schnaubte.

„Wer würde denn erwarten, dass Zauberer vor hundert Jahren Bannflüche verhängen konnten, die gegen Handys wirken?“

„Sie haben einfach grundsätzlich verfügt, dass man kein Wissen heraustragen kann, außer im eigenen Gedächtnis.“

„Und Notizen?“, fragte er missmutig und versuchte vergeblich, das Handy wieder anzumachen.

Miranda gab ihm einen Schreibblock und einen Kugelschreiber aus ihrer Tasche.

„Schreib mal eine Zeile ab!“

Nexus bemühte sich, aber heraus kamen nur Kringel und schiefe Linien, keine Buchstaben.

„Ja, verflixt!"

Er setzte den Stift noch einmal auf und schaffte es beinahe, ein A aufs Papier zu bringen, dann gab es ein Klacken und die Sprungfeder katapultierte die Kugelschreibermine davon.

Miranda lachte.

„Du siehst: Es hat keinen Zweck. Alles, was du von hier mitnehmen willst, musst du auswendig lernen."

Nexus sammelte die Teile des Kulis ein und schob sie in die Hosentasche.

„Ich war schon häufiger hier, jedenfalls vor ein paar Jahren. Aber ich habe nie versucht, mir etwas zu notieren. Vielleicht war mein Gedächtnis früher besser. Ich habe einfach ein paar Zauber gelesen und wusste zu Hause noch, wie sie zu wirken waren."

„Nimm Ginko ein", riet ihm Miranda. „Oder mach einen Gedächtnishex, wie Ilona Green es empfiehlt. Zwei Teile Ehrenpreis, ein Teil weiße Wicke, einen Tropfen …"

„Weshalb zählst du das jetzt auf, wo du genau weißt, dass ich es mir nicht merken werde?"

„Oh, das habe ich nicht bedacht. Aber Ilonas Buch kann ich dir leihen …"

„Vergiss jetzt meine Gedächtnisprobleme! Hilf mir lieber, wenn du schon hier bist. Wir müssten in dieser Bibliothek doch auf Bücher stoßen, die uns Hinweise geben." Er klopfte leicht auf das Buch mit dem Reichtumszauber. „Ich dachte, das hier wäre etwas, aber zum Verschwinden oder Herbeizaubern ist nichts enthalten."

Miranda stand schon vor einem Regal ganz hinten in dem kleinen, stickigen Zimmer.

„Wir brauchen etwas Älteres", behauptete sie. „Verschwindezauber gibt es viele, aber keine, die ich jemals gesehen hätte, können viele Leute gleichzeitig weghexen."

„Und wenn es gar nicht so wäre?", fragte Nexus. „Wenn derjenige Fleißarbeit geleistet hat? Dann hat er für jeden Magier und jede Hexe den Zauber einzeln gewirkt und wir denken nur, er sei mächtig."

„Na, mächtig stimmt in jedem Fall", erinnerte sie ihn. „Denn ich kann auch einzeln niemanden verschwinden lassen. Und du vermutlich auch nicht, ganz egal, was für einen tollen Zauber wir hier finden."

Nexus nickte zustimmend.

„Aber wie mächtig muss diese Person tatsächlich sein? Das ist doch die Frage."

„Ist es denn eine Person? Oder nicht vielleicht eine ganze Gruppe? Ein Coven, eine geheime Gesellschaft? Das würde die Macht der einzelnen Mitglieder doch enorm verstärken."

Wieder nickte Nexus und starrte dabei auf die Buchrücken vor ihm.

„Klingt logisch. Und ärgerlich. Denn eine Gruppe wäre dann auch für uns gefährlicher als ein Einzelner."

Miranda zog einen schmalen Band heraus und blätterte ihn durch.

„Wir wissen nicht einmal, ob wir in England suchen müssen“, überlegte sie. „Sagen wir mal, du hättest Recht und es trifft Magiekundige im gesamten Commonwealth, dann könnte der Zauber auch in jedem der vielen Mitgliedsstaaten gewirkt worden sein.“

„Oder sonst wo.“

„Bist du sicher, dass wir diesem Geheimnis nachgehen sollten?“, fragte Miranda. „Einer großen Weltverschwörung? Gegen einen oder mehrere mächtige Magier? Wir zwei?“

„Wir zwei“, knurrte Nexus. „Und vielleicht finde ich ja doch noch Perry. Dann wären wir zu dritt.“

„Das klingt nach mehr Abenteuer als ich jemals haben wollte.“

„Freu dich doch“, erwiderte Nexus. „Wollen wir das nicht alle? Einmal das eine, große Abenteuer erleben?“

Miranda lachte.

„Ich für meinen Teil schon mal nicht. Abenteuer machen Schmutz, erfordern Zeit und sind außerdem gefährlich.“

„Diese Sätze beweisen nur zu deutlich, dass du genau das brauchst! Dreck und Gefahr. Schleichen durch die Dunkelheit. Das Prickeln von Magie in deinem Nacken ... Endlich mal raus aus dem Allerlei mit der täglichen Tasse Thymiantee.“

„Ich wüsste nicht, was an Thymiantee falsch sein sollte“, gab sie zurück. „Und gib mir doch bitte mal das dicke rote Buch da oben. Da komme ich nicht heran.“

Scham und Schmerz

Isabel ahnte, was kommen würde.

Nexus und Miranda hatten rund eine Stunde lang die staubige Atmosphäre der Bibliothek ertragen und dann fürs Erste aufgegeben.

Und natürlich war Miranda ja eigentlich nur gekommen, um Isabel mitzunehmen. Isabel jedoch wollte nicht mitgenommen werden, sondern hierbleiben und selbst nach Büchern suchen, die vielleicht eine Lösung anzubieten hatten.

Als Miranda also zugreifen wollte, um Isabel in einen Weidenkorb mit Gitterabdeckung zu stecken, der vermutlich für Mumpitz angeschafft worden war, floh Isabel auf das höchste Bücherregal und drückte sich gegen die Wand.

Miranda bemühte sich zunächst, sie herabzulocken. Als das nicht gelang, sagte sie zu Nexus: „Lockzauber. Auf drei!"

Und obwohl sich Isabel einstemmte und protestierend maunzte, zog es sie nach vorne zur Regalkante und dann purzelte sie auch schon hinab.

Sie konnte den Händen zunächst entkommen, die nach ihr griffen, landete auf den schwarzen Turnschuhen, wollte sich von dort aus abstoßen, wurde dann aber gepackt und saß auf einmal in dem Weidenkorb. Das Gitter wurde herabgeklappt und ein Riemen durch eine Lasche gezogen.

Welche Schmach! Und so unpraktisch!

„Es ist nur gut für dich", sagte Miranda sehr ernst. Sie bedankte sich bei Nexus, der irgendetwas brummelte, und trat dann dem Heimweg an.

„Ich gehe mit bis zur Ecke", sagte Nexus und fummelte mit seinem Tabaksbeutel herum.

Da kamen unvermutet drei Männer aus einem Hauseingang und schnitten ihnen den Weg ab.

Isabel sah es nur durch die Ritzen des Weidengeflechts, aber selbst das Wenige, das sie erkennen konnte, gefiel ihr nicht. Die Kerle waren dunkel gekleidet wie Nexus. Ihre ganze Haltung hatte etwas Bedrohliches.

„Sieh mal", sagte einer von ihnen. „Wenn das nicht zwei liebe Kollegen sind. Miranda Valentine und der Spinner Nexus! Habt ihr eure Vorliebe füreinander entdeckt?"

„Verschwindet", befahl Miranda.

„Würde euch so passen. Wir wollen aber nicht. Wir wollen uns unterhalten."

„Worüber?", fragte Nexus feindselig.

„Darüber, dass du in Zukunft netter zu uns sein wirst. Sehr viel netter."

„Ist das alles?", schnappte Nexus.

Dann hatte einer plötzlich einen Zauberstab in der Hand und irgendetwas traf Nexus von vorn, er stolperte ein paar Schritte und würgte dann über dem Rinnstein. Ehe der Angreifer seinen Zauberstab auf Miranda richten konnte, hatte sie irgendeinen eigenen Zauber gewirkt, denn der Zauberstab entglitt seiner Hand und fiel zu Boden, um dann unter das nächste parkende Auto zu rollen.

Leider führte das zu einem Handgemenge. Miranda musste den Korb fallenlassen. Der Riemen löste sich.

Isabel rollte aus dem Korb auf den Gehweg. Doch statt zu fliehen, sprang sie mit leisem Fauchen den Mann an, der gerade Miranda gegen die Hauswand stieß. Ohne bewusste Absicht, sondern eher ganz selbstverständlich, biss sie ihn in die Hand. Er schrie auf.

Dann schleuderte er Isabel mit einer heftigen Bewegung von sich und sie flog meterweit.

Das brachte Miranda dazu, eine saftige Ohrfeige auszuteilen und dann hinter Isabel herzurennen.

Isabel rappelte sich auf, schüttelte sich und wurde dann an Mirandas Brust gepresst.

„Ist alles in Ordnung?"

Miranda betastete sie vorsichtig, was kitzelte und Isabel niesen ließ. Sie war selbst überrascht, dass sie diesen Aufprall offenbar unbeschadet überstanden hatte. Aber ein wenig benommen war sie doch. Daher ließ sie sich zurücktragen, dorthin, wo der Korb lag und wo sich Nexus und die anderen Zauberer gerade einen Faustkampf lieferten.

Miranda schob Isabel in den Korb, verschloss ihn, las den Zauberstab auf, der unter dem Auto lag, und hexte dann irgendetwas, das die Angreifer nun ebenfalls niesen ließ. Sie konnten gar nicht mehr aufhören.

„Abhauen", sagte sie zu Nexus.

Dann wurde Isabel in ihrem Korb durchgeschüttelt, während Miranda rannte.

Als endlich die Wohnungstür hinter ihnen zufiel, war es doch ein bisschen wie Heimkommen. Miranda nahm Isabel sofort heraus, tastete sie noch einmal ab und streichelte über ihren Rücken.

„Du armes, dummes Ding!", sagte sie. „Du tapferes Kätzchen. Du hast richtig kräftig zugebissen."

„Hoffentlich kriegt er eine Blutvergiftung", schnaufte Nexus.

„Das wäre durchaus möglich bei einem Katzenbiss." Miranda sagte ihm, dass er sich hinsetzen sollte, ging Tee kochen und machte dann Pfannekuchen.

Isabel verschmähte auch dieses Mal das Katzenfutter, kam aber auf den Tisch, wollte vom Pfannekuchen naschen und bekam von Nexus eins mit dem Finger auf die Nase.

„Du kleines Tier gehst von meinem Pfannekuchen fort!"

Aber Miranda hatte ein Einsehen und stellte ihr einen eigenen kleinen Teller hin, von dem Isabel dann manierlich Pfannekuchenstückchen aß.

„Was war das denn jetzt eigentlich?", fragte Miranda.

Nexus nahm einen Schluck Tee – Melisse mit Verbene – und zuckte die Achseln.

„Was wohl? Alle merken, dass große und mächtige Magiekundige auf einmal weg sind. Sofort glauben dann einige von den kleineren, sie könnten tun und lassen, was sie wollen. Und was fällt ihnen als Erstes ein? Andere zu schikanieren."

„Wie Schüler, wenn der Lehrer mal rausgeht", sinnierte Miranda. „Ja, das erklärt es vermutlich. Und es zeigt, dass du zurecht sagst, dass wir etwas unternehmen müssen. Sonst geht es hier in Ipswich bald rund."

„Und nicht nur hier vermutlich." Nexus nahm noch einen von den knusprigen Pfannkuchen. „Was war das übrigens für ein Zauber?"

Miranda lächelte halb stolz, halb verlegen.

„Er heißt *Kleine Hagebutte* und wirkt ungefähr wie Juckpulver. Es kommt zu Niesreiz, Augentränen und der Körper juckt überall. Meine Großmutter hat mir das beigebracht, als ich noch ein kleines Mädchen war, damit ich mich notfalls gegen lästige Männer verteidigen konnte."

„Gar nicht übel", bemerkte Nexus. Er legte die Gabel weg, trank die Tasse leer und betrachtete dann Isabel. „Auch die Kleine hier hat mehr Mut, als ich ihr zugetraut hätte. Hast du schon herausgefunden, wem sie gehört?"

„Leider nicht."

Nexus stand auf.

„Mir ist noch etwas eingefallen, was wir tun könnten. Sehen wir uns doch bei dem einen oder anderen um, der verschwunden ist! Möglicherweise hat der Zauber Spuren hinterlassen. Falls er mit einem Gegenstand übertragen wurde, liegt der vielleicht noch herum. Oder wir finden etwas anderes, das uns weiterhilft."

Miranda stimmte sofort zu.

„Nur sollten wir vorsichtig sein. Erstens ist das Einbruch oder Hausfriedensbruch. Die Polizei könnte uns festnehmen. Und schlimmer: Was eine Isabel Bowles verschwinden ließ, wird auch uns vielleicht plötzlich weghexen. Und dann ist niemand da, um sich um Mumpitz und Isabel zu kümmern."

„Wird schon nicht", versprach Nexus. „Schauen wir uns mal gründlich in der Wohnung einer Großhexe um und seien wir eben vorsichtig."

Gekreisch

Isabel fand diesen Gedanken zunächst nutzlos und generell mochte sie es nicht, wenn jemand in ihre Wohnung einbrechen wollte.

Dann überlegte sie, dass sie dort jede Menge Bücher hatte und ihr Zauberstab vielleicht irgendwo lag. Mit etwas Glück gelang es ihr auch als Katze, damit etwas zu hexen. Sie konnte ihn mit der Pfote berühren oder drauftreten und sogar versuchen, ihn zwischen den Vorderpfoten zu halten. Wenn ihr das gelang, dann war das Problem schon so gut wie gelöst.

Also stand sie schon an der Wohnungstür und miaute auffordernd, als Miranda noch dabei war, den Mantel anzuziehen.

„Du bleibst hier, Schatz."

Daraufhin sprang Isabel zur Klinke hoch.

„Sie will wohl mit", sagte Nexus.

„Oder einfach nur wieder nach draußen", ergänzte Miranda. „Dann müssen wir sie erneut einfangen. Das kommt gar nicht infrage, mein Kleines."

Isabel hätte am liebsten gesagt: „Nenn mich nicht Kleines!"

Sie sprang wieder zur Klinke und hätte es beinahe geschafft, sie herabzuziehen.

„Na, na, na!", mahnte Miranda. „Das lassen wir aber schön bleiben!"

Daraufhin begann Isabell zu kreischen und zu schreien. Sie war selbst überrascht, wie viel Lärm so eine Katze machen konnte.

„Dann nimm sie halt mit", rief Nexus, um das Geschrei zu übertönen.

„Nein, denn dann will sie demnächst überall hin mitkommen und das wird lästig und schwierig", brüllte Miranda zurück. „Ich setze sie ins Bad und wir huschen beide aus der Tür."

Isabel beschloss, dass sie das garantiert nicht tun würden und hängte sich an Mirandas Bein.

„Für so ein süßes kleines Ding ist sie wirklich schlecht erzogen", klagte Miranda, bemühte sich, sie von ihrem Unterschenkel zu lösen und bekam zwei Zentimeter lange Krallen in die Hand geschlagen.

Dann nahm Nexus den Korb, stellte ihn neben ihr auf den Boden und sofort ließ Isabel los und hüpfte hinein. Er schloss geistesgegenwärtig das Gitter und sofort darauf die Lasche.

„So, jetzt können wir sie hierlassen."

„Können wir nicht", widersprach Miranda und rieb sich erst das Bein und dann die Hand. „Denn das ist gemein und wenn sie mal muss, dann kommt sie nicht zum Katzenklo. Das geht nicht."

„Und dort, wo wir hingehen, gibt es ein Katzenklo?", erkundigte sich Nexus gereizt.

„Nein, vermutlich nicht, aber ich habe gemerkt, dass sie gelernt hat, sich auf die Toilettenbrille zu setzen." Miranda nahm den Schlüssel vom Haken und gab Nexus den Korb. „Nehmen wir sie also mit."

Nexus sah durch das Weidengeflecht.

„Was für ein kleines Biest", murmelte er. Doch dann trug er sie klaglos die ganze Strecke bis zu dem Haus, in dem Isabel gelebt hatte, ehe ein Zauber sie in eine Katze verwandelte.

Das Gebäude war zweistöckig, mit Blick auf den Fluss, weiß gestrichen, eindeutig alt, der Zaun nur zwei Meter vom Haus entfernt und mit Rosenranken nur so überwuchert.

„So passt es für eine Hexe", lobte Miranda und Isabel korrigierte sie in Gedanken auf *Groß*hexe. „Wie kommen wir rein?"

„Ich dachte, du hast einen Plan", beschwerte sich Nexus. „Aber wenn nicht, dann wirst du dankbar sein, dass ich so meine Tricks habe."

„Ich fürchte, deine Tricks *sind* mein Plan", gab sie zu. „Aber hier wohnt noch jemand und ich erinnere mich, dass Isabel erwähnte, mit einer nichtmagischen Person in einem Haus zu leben. Wir müssen also vorsichtig sein. Sonst rufen wir noch die Polizei auf den Plan."

Nexus schien nicht besorgt.

Er drückte die Messingklingel, im Haus gab es ein kurzes, melodisches Läuten und dann berührte er mit seinem Zauberstab das Türschloss. Es gab ein Klicken.

„Bitte schön!"

Isabel schnupperte.

Das Treppenhaus roch anders als sonst. Weniger magisch, weniger nach ätherischen Ölen und gar nicht mehr nach warmem Bienenwachs.

„Da steht kein Name. Welches Stockwerk ist ihres?", murmelte Miranda.

„Oben", behauptete Nexus. „Spürst du nicht, dass oben mehr Magie ist?"

Er ging voran und öffnete die Wohnungstür genauso leicht, wie er die Haustür geöffnet hatte. Dann allerdings fluchte er, denn etwas fiel auf ihn.

Miranda musste ihn aus einem Netz befreien, das an der Decke gehangen hatte, dann begann er zu niesen und sich überall zu kratzen.

„Oh, ein Zauber wie mein Juckpulver-Hex", sagte Miranda. „Offenbar mag Isabel keine ungebetenen Besucher."

„Wer schon", knurrte Nexus. „Kannst du ihn beseitigen? Das juckte wie die Hölle!"

„Beseitigen nicht, aber die Wirkung abmildern."

Miranda zog den Stab, beschrieb damit kleine Kreise und machte dann mit der linken Hand Bewegungen wie jemand, der das Niederfallen von Zauberstaub imitieren will.

„Uh", kam es von Nexus, er nieste wieder und ließ dann Isabel aus dem Korb. „Die scheint in Ordnung. Vielleicht wirkt es nicht bei Tieren."

Isabel konnte ihn nicht darüber belehren, dass der eigene Anti-Eindringling-Zauber sie natürlich nicht selbst traf. Sie huschte ins Wohnzimmer.

Dort sah alles aus wie immer.

Sie galoppierte durch die ganze Wohnung.

„Die Katze spinnt", sagte Nexus irgendwo hinter ihr. „Ständig ändert sie ihr Verhalten. Mal scheu, mal ängstlich, mal aggressiv, jetzt total überdreht. Hoffentlich hat sie nicht irgendeine Katzenseuche."

„Jetzt hör aber auf", erwiderte Miranda. „Lass uns lieber nach Hinweisen suchen."

„Für mich sieht hier alles prima aus. Keine Kampfspuren, oder was meinst du?"

„Nein, keine Kampfspuren. Hier steht noch die Tasse vom Frühstück, direkt neben der Zeitung. Sie war noch auf der Titelseite, so wie es aussieht, als etwas sie verschwinden ließ. Anscheinend aß sie Toast. Hier sind noch ein paar Krümel."

Ja, ja, ja. Isabel war mit einem Satz auf dem Tisch. Sie hatte gefrühstückt und in die Zeitung geguckt. Aber was war dann passiert? Und weshalb? Wie vor allem war es passiert? Wer hatte sie hier, mitten in ihrem eigenen Heim treffen können?

Miranda betrachtete unterdessen Teller und Tasse, berührte aber nichts mit der Hand. Sie nahm ihren Zauberstab und wirkte Enthüllungszauber, Zauber, um Gift zu finden, tippte mit der Spitze des Stabes auf einen der Krümel. Nichts.

Isabel maunzte jämmerlich.

Sie hatte so gehofft, hier etwas herauszufinden.

Aber halt! Wo war ihr Zauberstab?

Sie sprang wieder vom Tisch herab und hetzte erneut von einem Raum zum anderen.

Kein Zauberstab.

Dann klingelte es an der Tür.

Miranda und Nexus blieben stocksteif stehen.

„Mist", flüsterte Miranda. „Was tun wir jetzt?"

„Aufmachen. Wie brave Nachbarn und Freunde es tun würden."

Nexus riss die Wohnungstür auf. Davor stand ein Mann Mitte vierzig mit dünnem Schnurrbart: Isabels Nachbar, Mr Robbins, ein alleinstehender Buchhalter, der Fische in kleinen Aquarien hielt.

Isabel sah von der Höhe ihrer Flurgarderobe zu ihm herab und bemerkte zum ersten Mal, dass er langsam kahl wurde.

„Guten Tag", sagte Mr Robbins steif. „Darf ich fragen, ob Sie autorisiert sind, in der Wohnung von Ms Bowles zu sein?"

„Aber sowas von autorisiert", behauptete Nexus. „Sie ist eine liebe Freundin von Ms Valentine und wir machen uns Sorgen, weil wir Isabel schon seit Tagen nicht gesehen haben."

„Und Sie haben einen Schlüssel?"

„Gewiss, wie wären wir sonst hereingekommen?" Nexus lächelte kurz, dann wurde seine Stimme so drängend wie bei einem erfahrenen Ermittler: „Und jetzt sagen Sie uns bitte, was Sie wissen! Wo ist Isabel abgeblieben? Ist hier etwas vorgefallen? Haben Sie etwas Ungewöhnliches gehört oder gesehen? Hat Sie Ihnen gesagt, sie würde verreisen?“

Der aufmerksame Nachbar schien verunsichert.

„Ich habe sie vorgestern oder eher vorvorgestern gesehen, meine ich. Wir begegnen einander nicht jeden Tag, da ich früh aufstehe und Ms Bowles ... eher nicht. Und es gab nichts weiter. Nur die Zeitung nimmt sie seitdem nicht aus dem Briefkasten und ich habe sie nun täglich zu mir gelegt. Ein komisches parodistisches Blatt, das magische Nachrichten nachahmt wie bei Harry Potter. Ms Bowels ist wohl aufgeschlossen gegenüber Filmen und solchen Fangruppen, glaube ich.“ Er schien verlegen, weil er es erwähnt hatte. „Manchmal verreist Ms Bowles ganz einfach. Sie sollten nicht herkommen und sich in der Wohnung umsehen.“

„Genau das erwartet sie aber von Freunden: Dass sie nachgucken, wenn etwas möglicherweise nicht in Ordnung ist“, belehrte ihn Nexus streng. „Wir sind gleich wieder fort und Sie müssen sich keine Sorgen machen, dass wir hier das Tafelsilber mitnehmen.“

Da Isabel keins besaß, stimmte das wohl. Sie hatte aber durchaus die begierigen Blicke bemerkt, die Nexus ihrer Sammlung magischer Steine zugeworfen hatte. Ihm traute sie noch nicht so recht, immerhin kannte sie seinen Ruf in magischen Kreisen.

Mr Robbins blieb an der Tür stehen.

„Dann macht es Ihnen ja gewiss nichts aus, wenn ich hier warte, bis Sie fort sind."

Braver Mr Robbins. So viel Einsatz hatte ihm Isabel gar nicht zugetraut. Sie würde sich dafür bedanken. Wenn sie dann keine Katze mehr war.

An dieser Stelle hätte sie beinahe wieder frustriert geschrien. Denn so nett es von Mr Robbins war, auf die Wohnung zu achten, so ärgerlich war es, dass er nichts gehört oder gesehen hatte.

Sie hätte ihn zu gerne gefragt, ob denn jemand gekommen war, ob jemand kurz vor ihrem Verschwinden geklingelt hatte.

Und als ob sie Gedanken lesen könnte, fragte Miranda kurz darauf genau das.

„Ehe Ms Bowles verschwand oder verreiste, kam da eventuell jemand, um sie zu sehen? Irgendwer?"

Mr Robbins schüttelte den Kopf.

„Keine Menschenseele. Ms Bowles hat ja manchmal Besuch, aber in den letzten fünf oder sechs Tagen war überhaupt niemand hier. Sie sagte mir, sie würde an einem größeren Artikel arbeiten. Also bemühte ich mich, sie nicht zu stören. Sie schreibt für irgendein Internetmagazin, glaube ich."

Isabel hatte ihm das weisgemacht, weil sie wusste, dass Mr Robbins sich nicht für Internetmagazine interessierte und sie so nicht erklären musste, dass sie magische Lehrbücher verfasste.

Nexus hingegen wusste natürlich von den Lehrbüchern und strich jetzt um Isabels Schreibtisch herum, zog Schubladen auf und Isabel lief zu ihm, um vorwurfsvoll zu maunzen.

„Gib du mal Ruhe“, sagte er und zog das Manuskript näher heran, in dem es um magische Pilze und ihre Verwendung ging. „Das hier ist eine Sache für die Großen.“

Isabel hätte zu gerne gelacht.

Was war denn groß an jemandem wie Nexus?

Höchstens die Neugier.

Aber sie wollte nicht ungerecht sein. Er stellte Ermittlungen an und das, obwohl ihm niemand eine Belohnung versprochen hatte. Deswegen maunzte sie auch nur und ließ die Krallen eingezogen.

„Die Zeitung ist vom Dreizehnten“, sagte Nexus zu Miranda. „Damit wissen wir immerhin genau, wann Isabel Bowles sich in Luft aufgelöst hat. Und ganz ehrlich: Das ist der fünfte Tag. Wie wahrscheinlich ist es, dass sie jetzt wieder auftaucht?“

Miranda stand mitten im Wohnzimmer und spürte wohl der Magie im Raum nach, denn sie hatte die Augen halb geschlossen.

„Mal den Teufel nicht an die Wand, Nexus. Und wir sollten unbedingt herausfinden, ob all diese Leute, von denen du berichtet hast, ebenfalls am Dreizehnten abhandengekommen sind.“

Der Köter

Nexus fiel beinahe über den Hund.

Sie hatten das Haus verlassen und Miranda trug den Korb mit der idiotischen Katze, die nun nicht mehr aus dieser Wohnung herausgewollt hatte. Sie wieder einzufangen, hatte die Mithilfe des misstrauischen Nachbarn erfordert. Er hatte sich vollkommen nachvollziehbar erkundigt, weshalb sie denn bitte schön eine Katze mitgebracht und in Ms Bowles Wohnung gelassen hätten.

„Müssen gleich mit ihr zum Tierarzt weiter. Zum Impfen", hatte Nexus behauptet und er war stolz auf seine eigene Schlagfertigkeit.

Jetzt trug Miranda den Katzenkorb.

Und Nexus stolperte fast über einen Hund.

Es gab eindeutig zu viele Tiere in dieser ganzen Geschichte!

Der Hund bellte, umsprang Nexus und dann Miranda, kratzte am Katzenkorb und machte ein Getöse, das Nexus erheblich auf die Nerven ging.

„Hau ab!", befahl er. „Sofort. Oder du wirst es bereuen."

Nur verstand ihn der Hund nicht oder hatte keine Angst vor Konsequenzen. Im Gegenteil: Er wurde noch lauter, noch aufgeregter, hüpfte noch höher.

„Eigentlich ist er ja ganz hübsch", sagte Miranda. „Sieh doch mal diese seelenvollen dunklen Augen!"

Nexus fuhr zu ihr herum.

„Willst du dir jetzt auch noch einen Köter zulegen?", erkundigte er sich ärgerlich. „Dann wirst du zum Hexen bald keine Zeit mehr haben."

Miranda gab den Katzenkorb an ihn weiter und sagte freundlich zu dem schwarzen Hund: „Na, kleiner Freund. Was ist denn so aufregend, dass du so laut bellen musst?"

Der Hund wedelte und kläffte auffordernd.

„Lies bloß nicht ständig streunenden Tiere auf", riet ihr Nexus noch einmal. „Wir haben eine ernste Mission und sollten hier nicht länger herumtrödeln."

„Ich rede doch nur mit ihm", verteidigte sich Miranda, während die weiße Katze in ihrem Korb abwehrend fauchte.

Was für ein Zirkus.

Während Nexus ungeduldig darauf wartete, dass Miranda ihre Kommunikationsbemühungen aufgab, fiel ihm auf, dass genau dieser Hund schon vor dem Rauchsalon herumgekläfft hatte. Genau dieser schwarze, haarige Wischmopp.

Stirnrunzelnd beugte er sich vor und tastete am Hals des Tieres nach einem Halsband, das sich vielleicht unter dem Fell verbarg. Fehlanzeige.

Nexus richtete sich auf.

„Sag mal, könnte es sein, dass irgendein Zauberer Tiere aussendet? Diesen Hund habe ich heute schon gesehen. Er hat Radau vor Hakons Haus gemacht. Und du sammelst eine nasse Katze auf ..."

„Aussendet? Zu welchem Zweck?", erkundigte sich Miranda. Sie wuschelte dem Hund durchs schwarze Haar. „Bist du geschickt, um uns irgendwohin zu führen? Hm, mein kleiner Wauz?"

Nexus begann, sich eine Zigarette zu drehen. Der Umgang dieser Frau mit Tieren war ja kaum auszuhalten!

Der Hund drehte jetzt völlig hohl, tanzte herum wie ein Derwisch und bellte und bellte, sodass sich Nexus einen Knopf zum Ausstellen wünschte.

Dann lief er ein Stück, kam zurück, lief wieder ein Stück ...

Nexus leckte das Zigarettenpapier an, stellte die Zigarette fertig, klemmte sie sich hinters Ohr und sagte: „Schauen wir doch mal, wo der mit uns hinwill!"

Also liefen sie hinter dem kleinen Hund her, was sicherlich albern aussah, wie Nexus dachte, überquerten eine Ampel, hielten sich bald mehr Richtung Landesinnere, kamen an mehreren Andenkenläden vorbei und standen schließlich vor ... Perry Coles Haustür.

„Also, das ist merkwürdig", bemerkte Nexus und starrte auf das Klingelschild. „Genau den wollte ich dazu bringen, mit uns das Verschwinden all dieser Leute zu untersuchen." Er presste den Zeigefinger auf den Klingelknopf. „Als ich es probiert habe, war er nicht da, aber vielleicht ist er inzwischen heimgekommen. Oder aufgestanden. Perry ist einer, der viel im Bett faulenzt."

Kein Perry öffnete ihnen.

Also klingelte Nexus noch einmal.

„Blöd", sagte er, als Perry auch jetzt nicht reagierte. Der schwarze Hund winselte und kratzte an der Tür, die im nächsten Augenblick von einem Mann in Hausschlappen aufgerissen wurde.

„Mr Cole ist nicht da!"

„Und Sie sind?", erkundigte sich Nexus.

„Der Nachbar. Und wir haben genug von Lärm und Ärger. Wie der Hund hier wieder herkommt, weiß ich nicht, aber wir möchten ihn nicht wieder hier haben, ist das klar? Er ist sehr laut und wir haben ihn nicht umsonst dem Tierheim übergeben lassen."

„Also hat Perry einen Hund?", fragte Nexus verblüfft.

„Er muss ihn gekauft haben oder er kam zu Besuch. Das war an dem Tag, als er verschwunden ist."

„Verschwunden?", fragte Miranda.

„Ja, verschwunden." Der Nachbar sah mit Abneigung auf den kleinen Hund, der vergebens wedelte. „Wir hörten den Hund, der offenbar allein in der Wohnung war, und holten schließlich die Hausverwaltung. Man kann Menschen nicht einfach stundenlang mit Gekläff quälen."

„Ganz meine Meinung", stimmte Nexus ihm zu. „Aber wie lange ist Mr Cole denn fort?"

„Es war der Dreizehnte. Wir dachten, meine Frau und ich, er wäre zu Hause. Dann fing der Hund an, Krach zu machen. Als der Mann von der Verwaltung die Wohnung öffnete, fanden wir nichts Bemerkenswertes bis eben auf den Hund. Er muss ihn gekauft haben. Oder jemand kam und brachte ihn mit. Aber seit diesem Tag war Mr Cole nicht mehr hier. Meine Frau gießt seine Pflanzen im Treppenhaus."

„Seht freundlich von Ihrer Frau", sagte Miranda und sah zu dem Hund hinunter, der jeden anwedelte und dabei fiepte. „Hatte Mr Cole etwas angedeutet, dass er verreisen würde? Oder dass er Besuch erwartete?"

„Nein. Er hatte ja häufiger Mal Fremde da, aber alle waren höflich und rücksichtsvoll, das muss man zugeben."

„War denn am Vortag des Dreizehnten solch ein Besucher da?"

„Nein, das hätten wir gehört. Und jetzt muss ich wieder nach oben. Meine Frau hat gekocht. Bitte nehmen Sie den Hund wieder mit! Er hat hier nichts verloren."

Und das kleine schwarze Wesen setzte sich auf sein Hinterteil und begann kaum weniger laut zu heulen als ein Wolf auf einem einsamen bewaldeten Berggipfel.

Rätsel über Rätsel

Miranda stand mit dem Tragekorb in der Hand auf dem Gehweg und dachte nach.

Eindeutig war die Sache kompliziert.

Dann sagte Nexus, was sie insgeheim gerade selbst befürchtete: „Könnte sein, die Leute verschwinden, nach dem ihnen jemand ein Tier geschickt hat. Einen Hund, eine Katze, wegen mir einen Wellensittich, von dem sie glauben, er wäre jemandem weggeflogen. Sie nehmen das Tier auf und durch irgendeinen Zauber sind sie bald selbst verschwunden. Perry jedenfalls bekam einen Hund – diesen Hund hier – und war dann plötzlich weg."

„Aber ich bin noch da", protestierte Miranda. „Und wir wissen nicht, ob bei Isabel Bowles auch ein Tier aufgetaucht ist. Mr Robbins hat keins erwähnt."

„Das nicht", erwiderte Nexus. „Nur wollte die Katze unbedingt mit und schien sich irgendwie ... auszukennen. Oder habe ich mir das eingebildet?"

„Es gab kein Katzenklo“, widersprach Miranda. „Hätte jemand Isabel eine Katze mitgebracht, hätte sie als erstes so etwas angeschafft. Und das schnell.“

„Wieso?“, fragte Nexus dagegen. „Du sagst doch selbst, dass deine weiße Katze offenbar gelernt hat, sich auf eine Toilettenbrille zu stellen.“

„Und weswegen bin ich dann noch da?“, beharrte Miranda.

„Hm, vielleicht dauert das. Oder du fällst nicht in die Kategorie, bei der das wirkt.“

„Und dein Freund Perry schon? Was wäre es denn dann, was den Zauber auslöst?“

„Das ist es, das ist es!“, rief Nexus. „Du musst erst etwas Bestimmtes tun. Die Katze bürsten, kämmen, irgendwas. Hast du sie gekämmt?“

„Nein, nur frottiert.“

„Dann würde ich an deiner Stelle keine Bürste für sie kaufen!“

Miranda betrachtete den Hund, der jetzt mit hängendem Kopf dasaß und nur leise fiepte.

„Das klingt abenteuerlich. Du meinst, jemand bringt Hexen und Zauberern Tiere und wartet, bis derjenige dieses Tier kämmt oder was auch immer? Und dann macht es *poof* und der neue Besitzer verschwindet?“

„Das wäre doch endlich mal eine Erklärung. Und wir haben zwei Tiere, die bei Magiekundigen aufgetaucht sind. Und es würde auch erklären, warum manche verschwinden und manche nicht. Manche Leute nehmen keine Tiere. Ich beispielsweise."

Miranda suchte in ihrer Tasche herum und fand schließlich, was sie jetzt brauchte: einen dünnen Spanngurt für ihren Einkaufswagen. Sie reichte ihn Nexus.

„Damit kannst du ein Halsband für den Hund improvisieren."

„Ich will das Vieh aber nicht! Hast du nicht zugehört? Dann verschwinde ich am Ende auch noch."

„Wir können ihn nicht einfach so herumlaufen lassen. Wegen mir bringst du ihn ins Tierheim zurück ..."

Im selben Augenblick schoss der Hund hoch wie von der Tarantel gebissen und rannte davon.

„Wieder hat sich etwas erledigt", sagte Nexus und steckte den Spanngurt in die Jackentasche.

„Hoffentlich wird der Arme nicht überfahren", klagte Miranda. „Hättest du ihn nicht noch festhalten können?"

„Nein. Und du solltest dir überlegen eine Tierpension zu eröffnen", spottete Nexus. „Das ist ja nicht normal, wie du auf Viehzeug reagierst. Können wir jetzt vielleicht wieder auf das Eigentliche kommen?"

„Der Hund gehörte vermutlich dazu, zu diesem Eigentlichen", gab Miranda zu bedenken. „Und mir ist es kalt. Ich gehe jetzt mit Isabel nach Hause und koche Linsensuppe. Wegen mir lösen wir morgen wieder magische Rätsel. Für heute bin ich erledigt."

„Wenn du meinst, wir haben die Zeit, Suppe zu kochen, dann mach das!“ Sichtlich eingeschnappt drehte Nexus um und lief wieder Richtung Hafen.

Miranda sah ihm nach und seufzte.

„Egal“, sagte sie dann. „Wir beide gehen jetzt nach Hause, essen etwas Warmes und beginnen dann, uns Notizen zu machen.“

Isabel gab in ihrem Korb keinen Laut von sich. Vermutlich war ihr kalt und der Hund hatte sie eindeutig erschreckt. Also trug Miranda sie heim, ließ sie aus dem Weidenkorb und musste sofort Mumpitz davon abhalten, Isabel in kleine weiße Fellfetzen zu verwandeln. Anscheinend hatte er gehofft, Miranda würde sie nicht wieder mit zurückbringen und war jetzt doppelt wütend über ihre Anwesenheit.

Miranda schimpfte den Kater und kochte dann die Linsensuppe, mit der sie bei Isabel schon einmal Erfolg gehabt hatte. Und Isabel schleckte die orangerote Flüssigkeit so schnell vom Teller, dass Miranda ihr noch einmal nachschöpfte.

„Immerhin hat die Suppe Eiweiß“, murmelte sie, während sie Isabel zusah. „Aber ich sollte dringend noch einmal mit dem Tierarzt sprechen.“

Sie holte einen Schreibblock und ihren besten Füllfederhalter heraus und begann, sich Notizen zu machen.

„Tiere“, sagte sie dabei mehrmals. „Wie kurios.“

Dann nahm sie das Telefon aus der Ladestation und rief eine alte Freundin an, die in London wohnte.

Niemand nahm ab.

Besorgt runzelte Miranda die Stirn.

Es würden doch nicht nach und nach alle Magiekundigen verschwinden!

Wen kannte sie noch? Nach kurzem Nachdenken wählte sie die Nummer einer Zauberin, mit der sie nur oberflächlich bekannt war.

Auch hier meldete sich niemand, dann wurde eine Ansage abgespielt: *Ich bin nicht zu Hause, versuchen Sie es später noch einmal.*

Langsam wurde Miranda nervös.

Ihr nächster Anruf galt Hakon.

Er ging nach dem zehnten Klingeln an seinen Apparat.

„Der Rauchsalon, Hakon, der geheime Großmeister, guten Abend. Was kann ich für Sie tun?"

„Hallo Hakon, Miranda hier. Ich brauche einen Tipp, wen ich wegen der Sache mit dem Verschwinden kontaktieren könnte. Mir gehen die Optionen und die Telefonnummern aus."

„Was?", fragte Hakon und sie konnte ihn vor sich sehen, wie er seinen Bart glattstrich.

„Hexen und Zauberer verschwinden", sagte sie sehr betont. „Ich brauche Kontakte, mit denen ich darüber reden kann. Kennst du jemanden, der mir weiterhelfen kann."

„Wieso verschwinden sie denn?", erkundigte sich Hakon.

„Das wüssten wir auch gerne. Und daher würde ich gerne mit jemandem sprechen, der sich in der magischen Gemeinschaft auskennt. Und noch da ist, natürlich."

„Verschwinden“, wiederholte Hakon, als könnte er es gar nicht glauben. „Vielleicht sind sie auf einem Kongress.“

„Nein, eher nicht“, erwiderte Miranda. „Fällt dir jemand ein, der etwas über Verschwindezauber wissen könnte?“

„Ich habe die bedeutendste Bibliothek …“

„Ja, ja, ja“, bremste sie ihn. „Wir waren ja schon dort, wie du dich erinnern wirst, heute Morgen erst. Aber ich brauche jemanden, mit dem ich reden kann.“

„Ja, also reden …“, überlegte Hakon in seiner behäbigen Art. „Wer könnte denn da infrage kommen?“ Er räusperte sich, hustete, räusperte sich wieder. „Na, vielleicht *Billy the Bee*.“

„Wer ist das denn?“

„Ein Voodoohexer, der gar nicht so weit von uns entfernt lebt. Du wirst hingehen müssen. Er benutzt keine Telefone und Computer und solche neumodischen Dinge.“

Hakon und Bill passten also gut zusammen. Hakon hatte es ja auch nicht mit dem Modernen.

„Dann sie sei lieb und gib mir seine Adresse.“

„Warte, ich schaue nach.“ Sie hörte ihn blättern. Dann nannte er ihr eine Straße in einer Gegend, in die sie eher selten kam, um nicht zu sagen nie, östlich von Ipswich, nahe Kesgrave. „Er hat jetzt Sprechstunde.“

„So spät?“

„Es ist Voodoo“, gab Hakon zurück, als sei das eine Erklärung.

„Gut, ich werde dann wohl mal rüberlaufen. Danke, Hakon.“

„Der Großmeister entbietet dir einen schönen Abend."

Miranda legte auf und entschied sich dagegen, Isabel zu diesem Besuch mitzunehmen. Nur hatte sie da die Rechnung ohne die kleine weiße Katze gemacht. Erneut gab es Gezeter und sie bekam einen neuen Kratzer an der Handkante.

„Auch egal", sagte Miranda schließlich. „So schwer bist du ja glücklicherweise nicht."

Mit ihrer Laune stand es gerade nicht zum Besten, denn ein Fußmarsch von über einer halben Stunde war jetzt nichts, wonach sie sich sehnte.

Andererseits hatte Nexus von Abenteuern geredet. Und Miranda musste ihm rechtgeben, dass sie für eine Hexe ein bedrückend langweiliges Leben führte. Ein gemütliches, langweiliges Leben. Und sie wurde breit an den Hüften. Sie saß zu viel und hexte kaum noch an der frischen Luft. Teezutaten kaufte sie im esoterischen Laden und sammelte die Pflanzen nur noch bei schönem Wetter selbst. Wenn es weder zu kalt noch zu warm war, wenn es nicht regnete und sie nicht ohnehin verschlief.

„Vielleicht muss sich das ändern", murmelte sie und nahm den Korb. „Gehen wir, Isabel!"

Dunkel

Isabel mochte es nicht, im Korb herumgetragen zu werden, aber es war immer noch besser, als gar nicht mitzukommen.

Nur die Gegend, in die Miranda sie jetzt brachte, die gefiel ihr nicht, die gefiel ihr gar nicht.

Es roch nach der fernen See und nach Dingen, die verwesten. Etwas lag dick wie Nebel in der Luft, blieb aber unsichtbar. Außerdem war es kalt hier.

Miranda schnaufte leise, während sie voranmarschierte, eindeutig nicht fit genug für solche Ausflüge.

„Hier muss es irgendwo sein“, sagte Miranda, mehr zu sich selbst vermutlich, als um Isabel zu informieren.

Sie bog in eine Straße ab, die abwärts verlief.

Es war merkwürdig still. Kein Verkehr rauschte, nichts rührte sich.

Dann ging die Laterne an der Einmündung der Straße aus.

Dann die Laterne direkt neben Isabel und Miranda.

Das einzige verbliebene Licht schien im Fenster eines Hauses, mindestens zwanzig Meter entfernt. Miranda ging darauf zu, was Isabel beeindruckend furchtlos fand.

Inzwischen hatte die Luft etwas von eiskaltem Sirup.

Isabel schauderte und kauerte sich zusammen.

Das Haus sah klein und hutzelig aus und ehe sie es erreichten, erlosch auch da das Licht.

„Hestia hilf", sagte Miranda.

Das veränderte nichts.

Miranda zog ihr Handy und ließ es den Weg leuchten.

Modernes Hexentum waren schon etwas Gutes, fand Isabel. Sie selbst wäre vielleicht gar nicht auf die Idee gekommen, sich ohne Hilfe von Magie zu leuchten.

Plötzlich summte etwas im Lichtschein des Smartphones.

Eine Biene.

„Um die Uhrzeit bist du unterwegs?", fragte Miranda. „Du solltest in deinem Bienenstock sein oder irre ich mich?"

Bssssss...

Auf einmal summte es lauter, aggressiver, mehr Bienen tauchten auf und Isabel erinnerte sich daran, dass der Zauberer, den sie aufsuchen wollten, *Billy The Bee* genannt wurde.

Bssssss...

Das hörte sich nicht beruhigend an, eher nach Eskalation.

Miranda sagte laut in die kalte Nacht: „Oh, Artemis, Göttin, die du auch honigsüß genannt wirst, hilf uns, deine Kinder nicht zu verärgern. Göttin des Übergangs, Herrin der Toten, die nicht vernichtet sind, beschütze uns! Lass die

Mellisai um uns stehen und Friede sein zwischen uns und den deinen!"

„Wissend bist du, Schwester", sagte jemand außerhalb des Lichtkreises. „Lange kam niemand her, der wusste, wie die Priesterinnen der Artemis genannt werden."

„Ich bin eine Hexe, Miranda genannt, und komme, um dich zu sehen, falls du Billy bist", sagte Miranda.

„Eine Hexe, deren Namen *bewundernswert* bedeutet", kommentierte er das. „Da sollte ich wohl Licht machen, damit ich dich überhaupt bewundern *kann*." Urplötzlich wurde es hell, fast wie am Tag. „Du bist ein Kind der Hekate, wie ich sehe", bemerkte er. „Sei willkommen und willkommen sei die weiße Katze, die du bringst. Ich nehme an, sie hat eine Bedeutung oder du würdest sie nicht den weiten Weg hertragen."

„Ja, sie hat eine Bedeutung. Kann ich irgendwo ins Warme und mich setzen? Ich bin mit einer Geschichte hergekommen, die ein wenig Zeit erfordert. Hoffentlich passt es gerade."

„Es passt. Kunden kommen bei diesem Wetter keine, so viel darf als sicher gelten. Komm also und sei unser Gast!"

Die Bienen flogen davon, ihr Summen verklang.

Miranda bedankte sich und humpelte hinter Billy her, einen Weg entlang und dann über die Schwelle des Hauses, das sie gesehen hatten.

„Willkommen!"

Eine Glocke schlug an, Weihrauch stieg auf und aus einer kitschigen Wanduhr schoss ein kleiner Vogel und rief dreimal *Kuckuck*.

Danach wirkte alles plötzlich wieder alltäglicher und unbedrohlicher als eben noch.

Orangegelbe Lampenschirme mit Fransen und Glasperlen gaben der dunklen Haut des Gastgebers einen ebenfalls orangegelben Schimmer und es roch überall im Haus nach Bienenwachs, frisch geschlagenem Holz und Honig.

„Voodoo habe ich mir anders vorgestellt", bekannte Miranda, nachdem sie auf ein ebenfalls orangegelbes Sofa gesunken war. „Unheimlicher und mit eher gruseligen Dekorationen. Und mit einem durchdringenden Geruch nach Anna-Riva-Öl."

Billy lachte.

„Ich praktiziere Voodoo, aber vor allem bin ich Imker. Das habe ich gelernt, als ich nach England kam. Niemand wollte mir eine Chance geben, bis auf einen alten Mann mit seinen Bienenstöcken. Nur mochten die Bienen meinen Geruch nicht. Eben die schweren, üppigen Öle, mit denen ich bis dahin aufgewachsen war. Also wusch ich sie ab und begann Cremes mit Propolis zu benutzen und Tee mit Honig zu trinken. Und nach einer Weile wurden wir Freunde, die Bienen und ich." Er zog eine dicke, bestickte Abdeckung von einer Teekanne herunter und schenkte Miranda Tee in eine Tasse mit Wabenmuster. „Jetzt weißt du einiges über mich, Hexe namens Miranda. Sage mir etwas über dich!"

Miranda nahm einen Schluck Tee und seufzte wohlig.

„So ist das besser." Ihre Hand sank auf den Korb. „Was kann ich über mich sagen? Ich stamme aus einer alten, aber unbedeutenden Linie von Hexen. Als Kind wollte ich Baggerfahrerin werden. Und dann Feuerwehrmann. Und danach zur Polizei und Verbrecher fangen. Aber mit der Pubertät vergaß ich diese Träume und lernte bei meiner Tante die alte Kunst. So, wie es sich gehört. Heute habe ich Klienten, so wie du wohl auch, und löse kleine Probleme für sie oder mische ihnen Tees. Und apropos Tee – der hier ist ausgezeichnet."

„Nur ein Mischtee aus Gartenkräutern mit meinem Blütenhonig abgestimmt", erwiderte Billy bescheiden und zupfte dabei an seinem dünnen und kurzen Bart. „Und jetzt, nachdem wir die *Honneurs* gemacht haben, sag mir, was ich für dich tun kann!" Er wies auf den Korb. „Willst du die Katze nicht herauslassen?"

„Da bin ich mir nicht sicher. Sie spielt eine Rolle in der Geschichte, um die es mir geht."

Er goss sich ebenfalls Tee ein.

„Da bin ich ja gespannt!"

Isabel sehnte sich jetzt ebenfalls nach einem schönen warmen Tee, aber Katzen bot man so etwas ja nicht an. Sie saß also im Korb und lauschte, betrachtete den Raum durch die Ritzen im Weidenkorb und wünschte sich, alle würden schneller zur Sache kommen.

Aber mit Miranda und Billy hatten sich wohl zwei getroffen, die eher geruhsam vorgingen.

Endlich sagte Miranda: „Hast du gehört, dass einige bedeutende Magier und Hexen spurlos verschwunden sind?"

Isabel war überrascht, als Billy nickte.

„Natürlich."

„Oh. Gut. Ich versuche herauszubekommen, was da passiert ist, zusammen mit einem Freund, dem Zauberer Nexus."

„Nexus? Dem Nexus, dessen Mutter den Wollladen hat?"

„Ja."

„Interessant." Er zog an seinem Bärtchen und über ihm bewegten sich kleine Bienen aus Glasperlen an den Fransen der Lampe. „Und was erwartest du da von jemandem wie mir?"

„Tja, ich suche Mitstreiter und Leute, die Ideen haben, wie man vorgehen könnte", versuchte Miranda zu erklären. „Zuerst kam Nexus mit der Sache zu mir und ich gebe zu, dass ich es nicht ernst genommen habe. Inzwischen fürchte ich, es ist etwas Schlimmes und kann sich gegen uns alle richten."

„Hm. Und wie kommt nun die kleine Katze mit hinein?"

„Ich fand sie pitschnass im Regen vor meiner Tür und nahm sie mit nach drinnen. Sie ist etwas speziell, aber es hätte mich auch nicht aufmerksam gemacht, wenn uns nicht bald auch noch ein Hund gefolgt wäre. Und dieser Hund tauchte in der Wohnung eines anderen Magiers auf. Perry Cole. Die Nachbarn beschwerten sich über Hundegebell und ließen den Hund wegbringen. Perry war unterdessen verschwunden. Und nun haben wir die etwas wilde Theorie, dass Magiekundigen

Tiere untergeschoben werden. Und wenn dann ein bestimmter Auslöser erfolgt, setzt das einen magischen Befehl frei und der Finder des Tieres verschwindet."

Isabel hätte jetzt am liebsten wieder geschrien vor Frustration. Wie konnte man so knapp an der Wahrheit entlangschrammen?

Andererseits: Hätte sie denn irgendwelchen Unsinn über eine Verwandlung in Tiere geglaubt? Vermutlich nicht. Schließlich wurde so etwas nicht einmal mehr gelehrt.

Na schön. Vielleicht half es Miranda ja, der Wahrheit auf die Spur zu kommen, wenn sie mit Leuten wie Billy sprach.

„Was für ein Auslöser sollte das denn sein?", fragte Billy gerade. „Füttern? Ausführen? Das Katzenklo reinigen?"

„Wir dachten an bürsten."

„Bürsten?", wiederholte Billy. „Das ist ein origineller Gedanke. Dann würden manche Opfer früher als andere verschwinden und manche gar nicht. Nämlich die, die das gefundene Tier einfach nicht bürsten. Du hast also das Kätzchen hier nicht gebürstet?"

„Offensichtlich nicht", erwiderte Miranda.

Billy lehnte sich in seine dicken orangegelben Kissen und über ihm klimperten die Glasperlen.

„Ihr müsstet also jetzt herausfinden ob a) alle verschwundenen Personen ein Tier aufgenommen hatten, b) ob sie alle am selben Tag oder an unterschiedlichen Tagen verschwanden und c) ob sie das gefundene Tier bürsteten oder andere Handlungen vornahmen, die als Auslöser infrage kommen."

„Ja, das fasst es klar zusammen. Danke, Billy."

„Gern geschehen", erwiderte er mit halbgeschlossenen Augen. Fast wirkte er, als würde er einnicken. Dann setzte er sich plötzlich aufrecht. „Ich werde mich mal mit befreundeten Voodoo-Zauberern im Ausland in Verbindung setzen. Oder überhaupt allen, die ich jetzt erreichen kann. Das würde uns ja vielleicht auch schon weiterbringen."

„Sehr gut. Denn in diese Richtung habe ich selbst keine Kontakte und Nexus wohl auch nicht."

Billy streckte sich, nahm ein IPhone von einem Tischchen und Isabel hörte ihn kurz darauf Spanisch sprechen, dann eine ihr unbekannte Sprache und schließlich Französisch. Nur das Französisch verstand sie einigermaßen.

Isabel spähte durch das Geflecht zu Miranda, die schlagkaputt aussah. Ja, die war nichts Gutes gewöhnt, aber Isabel selbst auch weit weniger als sie erwartet hätte bei all dem Yoga und den sonstigen Übungen, die sie immer pflichtbewusst vollzogen hatte und das abends und morgens. Sogar an Sonntagen war sie dazu früh aufgestanden.

Als Billy das IPhone weglegte, machte er einen fast besorgten Eindruck.

„Die Geschichte weitet sich aus. Menschen mit magischen Fähigkeiten verschwinden praktisch überall. Das scheint um den Dreizehnten herum passiert zu sein, aber genau konnte es mir keiner von den dreien sagen, mit denen ich eben gesprochen habe. Tiere haben sich auch nicht klar bestätigt, aber eine zugelaufene Katze hat den Wellensittich eines verschwundenen Magiers gefressen."

„Wie entsetzlich", sagte Miranda mit hörbarem Abscheu.

Billy zupfte sich am Bart.

„Ach ja, eine Voodoo-Hexe in Port-au-Prince verschwand wohl, nachdem eine Schildkröte aufgetaucht war. Bürstet man Schildkröten?"

„Keine Ahnung. Ich wäre wohl nicht auf den Gedanken gekommen, das zu tun."

Isabel wünschte sich sehnlichst, die zwei würden ein bisschen weiter denken. Dann überlegte sie, wie es wohl war, in eine Schildkröte verwandelt zu sein und sie schauderte. Gezwungen, sich unbeholfen und langsam zu bewegen ... das musste einen doch wahnsinnig machen. Da hatte sie ja direkt noch Glück, eine geschmeidige Katze geworden zu sein.

Glück im Unglück.

Sie seufzte so laut, dass Miranda den Korb öffnete und sie streichelte.

„Ich wusste, dass es besser gewesen wäre, dich daheim zu lassen. Das muss sehr langweilig für dich sein."

Langweilig? Das nicht gerade.

Isabel miaute.

Dieser nichtsagende Katzenlaut ging ihr gerade selbst erheblich auf die Nerven. Er konnte alles oder nichts bedeuten. Da durfte man von Miranda nicht erwarten, irgendetwas daraus abzuleiten.

„Zeig mir doch mal diese kleine Dame“, bat Billy und Miranda reichte sie ihm über den Couchtisch.

Er hielt sie ins Licht.

„Hm, ein zierliches Persönchen. Eher jung. Keine Magie zu erspüren.“

Isabel zuckte zusammen, als er das sagte. Also war sie nicht nur in die Gestalt einer Katze gebannt, sondern konnte wirklich nicht zaubern. Vor Entsetzen kam dieses Mal nicht einmal ein Miau heraus. Sie zappelte auch nicht, als er sie zurücksetzte und Miranda den Korb verschloss.

„Gibt es magische Mittel, die dir zu Verfügung stehen, die uns helfen könnten?“, fragte Miranda. „Ich weiß wenig über Voodoo, habe aber mal gehört, dass eine Voodoo-Hexe verlorene Gegenstände findet und auch Personen nachspüren kann.“

„Sie vielleicht, wer auch immer sie ist. Ich nicht“, entgegnete Billy. „Doch wenn du Zeit mitgebracht hast, wage ich einen Blick ins dunkle Wasser.“

„Ich habe Zeit mitgebracht.“

Billy stand auf, kam mit einer flachen schwarzen Schale zurück, füllte sie aus einer Kanne bis an den Rand mit Wasser und setzte sich im halben Lotussitz auf das organgegelbe Polster der Couch, wobei man sehen konnte, dass er auch die Farbe seiner Socken passend gewählt hatte.

„Ich werde das Lied der Ahnen singen und dann möglicherweise etwas im abgründigen Wasser sehen. Wenn ich dabei Grimassen ziehe oder mich komisch verhalte, ignoriere das. Aber verhindere, dass ich die Wasseroberfläche berühre. Das hätte ganz blöde Folgen. Du kennst das ja vermutlich."

„Verstanden", sagte Miranda nur.

Billy fing wirklich zu singen an. Seine Stimme klang flach und wenig eindrucksvoll und war mehr ein Sprechgesang in einer Sprache, die Isabel unverständlich blieb. Dabei rieb er die Hände über der Schale, fuhr mit den Handflächen dicht über der Wasserfläche hin und her, seine Augen fielen zu.

Der Gesang wurde ein Murmeln und endete in leisem Schnarchen.

Isabel sah, wie Miranda sich vorlehnte, um notfalls zu verhindern, dass Billy mit dem Gesicht die Wasseroberfläche berührte.

Doch als sie schon die Hand nach ihm ausstreckte, hielt sie plötzlich inne und sah selbst zu der spiegelnden Fläche. Isabel drückte sich gegen das Innere des Korbes.

Miranda schloss die Augen.

Das war nicht gut.

Isabel kratzte erst am Korbgeflecht, dann maunzte sie und als das nichts half, fing sie zu kreischen an.

Miranda schüttelte sich und setzte sich auf.

„Komisch", murmelte sie. „Weshalb sehe ich einen Dachs?"

Billy hatte überhaupt nicht auf Isabels lautes Miauen reagiert. Sein Kopf bewegte sich ganz langsam nach vorne. Miranda ließ sich nicht noch einmal dazu verlocken, aufs Wasser in der Schale zu blicken. Sie lehnte sich über den Tisch und schob Billy mit den Fingerspitzen rückwärts.

Dann zog sie die schwarze Schale zur Seite.

Billy sank gegen das Polster der Couch, die Augen immer noch geschlossen.

Miranda und Isabel mussten lange warten, bis er zu sich kam.

„Was?“, fragte er.

Miranda schob ihm seine Teetasse zu. Er trank zwei oder drei Schlucke und wirkte danach immer noch desorientiert.

Plötzlich nahm er ein Blatt Papier vom Couchtisch und zog mit einem Bleistift Linien.

Isabel konnte von ihrem Platz im Korb aus gar nichts erkennen. Sie sah nur, dass der Bleistift am oberen Ende mit einer silbernen Biene geschmückt war.

Miranda fragte: „Was ist das? Ist das ein Buch?“

Billy gab einen Laut von sich, der sie zum Schweigen brachte. Er zeichnete weiter und schloss dabei die Augen.

„Fertig!“

Miranda beugte sich vor.

„Ja, ein Buch. Sehr dick, offensichtlich alt und beschädigt. Kein Verfasser. Kein Titel. Aber auf dem Umschlag ist eine Pflanze zu sehen. Für mich sieht es wie eine Nachtkerze aus.“

„Ja“, stimmte ihr Billy bei. „Das ist ganz bestimmt eine Nachtkerze.“

„Kennst du ein solches Buch?“

„Nein, nie gesehen.“ Billy trank die Tasse leer und massierte seinen Magen. „Jetzt habe ich Hunger. Ist wie nach dem Kiffen. Wenn es dir nichts ausmacht, koch ich was.“

„Koch du nur.“ Miranda betrachtete immer noch die Zeichnung. „Es könnte auch eine Königskerze sein“, rief sie ihm zu.

„Ja.“ In der Küche wurden Schranktüren geöffnet. Das gas zischte.

Isabel miaute. Sie hatte Hunger. Sie wollte sich auf den Unterschied zwischen Nacht- und Königskerze konzentrieren, doch ihr Körper verlangte sein Recht.

„Königskerzen“, überlegte Miranda nachdenklich, „schützen vor dunkler Magie. Während Nachtkerzen vor allem bei Mondritualen eingesetzt werden.“

„Königskerzen können als Dochte verwendet werden“, rief Billy aus der Küche, wo jetzt etwas zu brutzeln begann.

„Ja, und Nachtkerzen zur Hautpflege. Deswegen würde ich erwarten, dass es ein Buch über Kräutermagie ist, wenn darauf eine Nachtkerze abgebildet wurde. Oder über Mondmagie. Wenn es aber eine Königskerze ist, dann wäre es eher Lichtmagie oder nordische Magie, da diese Blume Freya und Baldur zugeordnet wird.“

„Oder es ist überhaupt nur Odermennig“, bemerkte Billy von der Küche her. „Und dann wäre es ein Buch über Heilkunde oder die Magie des Schlafes.“

„Ja, Odermennig könnte es auch sein, aber dafür hast du den Stiel zu gerade gezeichnet. Odermennig lässt immer den Kopf hängen. Die Pflanze hier steht wie eine Eins.“

Billy kam mit einer Pfanne voller Spiegeleier und einem Korb Walnussbrot.

„Iss mit mir!“

Miranda bedankte sich und Billy brachte zwei Teller, Besteck und eine Butterdose.

Isabel maunzte laut.

Also ließ Miranda sie heraus und Isabel fand, nichts sei jemals besser gewesen als diese Spiegeleier, deren Gelb sie von Mirandas Tellerrand leckte.

„Ein verwöhntes Kätzchen“, bemerkte Billy. „Um nicht zu sagen verzogen.“

Miranda nickte, ihr Blick galt jedoch der Zeichnung.

„Das lässt mich dorthin zurückkehren, wo ich bereits war. In den Rauchsalon.“

„Die Bücherei, die der alte Hakon betreibt?“, vergewisserte sich Billy.

„Ja, genau die. Dort stehen viele seltene und alte Bücher. Da könnte etwas zu finden sein.“

Billy putzte seinen Teller mit einem Stück Brot sauber.

„Gut. Aber nicht mehr heute. Nach einem Blick in die Schale bin ich immer müde wie ein Hund. Und du hast ja auch noch einen weiten Heimweg. Wir sollten alles andere auf Morgen verschieben.“

„Dann hilfst du uns?“, fragte Miranda, merklich erfreut.

„Ein oder zwei Tage könnte ich euch unterstützen, ja. Die Sache klingt spannend. Vielleicht sogar gefährlich.“

Miranda bedankte sich und verabschiedete sich kurz darauf höflich, nachdem sie das improvisierte Abendessen gelobt hatte. Sie setzte Isabel in den Korb, verschloss ihn und stand auf.

„Ich habe noch ein Stückchen Weg vor mir, ganz wie du sagst, und die Nacht ist kalt. Ich werde also aufbrechen."

Als sie auf die Straße hinaustrat, brannten alle Laternen. Keine Biene summte. Es war ohnehin verwunderlich, dass sie vorhin bei dem Wetter geflogen waren. Das lag sicher an Billys Magie.

Trotzdem hatte die Umgebung etwas Bedrohliches und die Kälte drang ihr fast sofort bis in die Knochen.

„Wir müssen sehen, dass wir heimkommen", sagte sie zu Isabel. „Für dich ist das gar nicht gut."

Miranda schritt kräftig aus, erreichte die Abzweigung Richtung Ipswich, lief etwa hundert Meter und urplötzlich wiederholte sich die Situation, die sie schon auf dem Hinweg erlebt hatten. Die Straßenlampen gingen aus.

„Hestia, Mutter des Herdes und des Heimes", murmelte Miranda. „Bring uns sicher nach Hause!"

Vollkommen geräuschlos erlosch auch die letzte Lampe in der Umgebung.

Miranda holte ihr Handy heraus und leuchtete sich so voran. Auch wenn der Lichtschein nicht weit reichte, stolperte sie so wenigstens nicht desorientiert herum. Doch dann spielte ihr Handy die Abmeldemelodie und ihre letzte Lichtquelle ging aus.

Sie stand mit dem Katzenkorb in vollkommener Finsternis.

„Hestia, Hestia, Hestia, hilf!"

Vorsichtig setzte sie den Fuß vor. Ein Schritt. Noch ein Schritt. Unerwartet zuckte ein grelles Licht, doch das waren die

Scheinwerfer eines Autos auf der Straße und obwohl Miranda hektisch winkte, hielt der Fahrer nicht an. Das Auto brauste vorüber.

Miranda versuchte vergeblich, ihr Handy wieder anzuschalten.

Dann hörte sie neben sich auf dem Feld neben der Straße ein Geräusch.

Sehr langsam bewegte sie sich von der Stelle fort. Es konnte ein Tier sein, eine andere Katze, die Isabel in ihrem Korb wahrgenommen hatte, ein streunender Hund, möglicherweise sogar der, den sie schon getroffen hatten ... Doch kein Hecheln, Knurren oder gar Bellen war zu hören.

Und ihr war es jetzt unheimlich zumute, obwohl sie eine Hexe war.

Trotz der Dunkelheit meinte Miranda, einen Schemen zu sehen, die Umrisse einer Person, die sich von links her näherte und die einen langen Umhang trug.

Sie schluckte. Ihr erster Impuls war es, nun doch magisch für Beleuchtung zu sorgen. Aber dann sagte sie sich, dass sie damit nur anderen genau zeigen würde, wo sie war.

Von Isabel kam kein Laut. Vielleicht lauschte sie ebenso wie Miranda. Jetzt die Augen einer Katze haben! Aber es half ja nichts. Sie musste so zurechtkommen.

Unvermittelt drehte sich die Welt, Miranda hatte das Gefühl, mit dem Kopf nach unten zu hängen. Da der Mantel ihr jedoch nicht übers Gesicht fiel, sondern brav dort blieb, wo er hingehörte, war diese Drehung vermutlich nur eine Illusion.

Miranda fasste nach ihrem Zauberstab.

„Reverso!“

Im nächsten Moment schlug sie sich die Knie auf.

Isabel miaute protestierend, als der Korb auf dem Boden aufkam.

Jemand näherte sich.

Miranda angelte nach ihrem Zauberstab, der ihr aus der Hand gerutscht war. Sie bekam ihn zu fassen.

„Murus!“, brüllte sie.

Der Zauber war dazu gedacht, eine unsichtbare Mauer zwischen sich und anderen aufzurichten. Er half, den Gegner im Dunkeln aufzuhalten. Er kam nicht näher heran.

Miranda hob den Korb auf. Am liebsten wäre sie einfach nur davongerannt, aber sie war jetzt schon völlig aus der Puste und außerdem war es klüger, gleich noch einen Zauber nachzulegen. Und da ihr nichts anderes einfiel, verhängte sie den *kleinen Hagebutte*, den Juckreiz- und Nieszauber.

Im nächsten Moment nieste dann auch jemand mit der Intensität eines Trompetenstoßes, kurz darauf war ein unterdrücktes Fluchen zu hören. Miranda grinste zufrieden und beeilte sich, von der Stelle fortzukommen.

Wenige Augenblicke später fuhr ein Lastwagen vorbei, auf dessen Rückfläche mehrere junge Leute offenbar feierten, denn laute Musik schallte über das Feld, es wurde gelacht und bunte Lichter tanzten.

Miranda bemühte sich, den Laster anzuhalten, aber entweder wurde sie nicht bemerkt oder absichtlich ignoriert.

Nachdem der Wagen vorüber war, hatte sie den Eindruck, dass der geheimnisvolle Verfolger ebenfalls fort war. Sie wurde nicht mehr angegriffen und innerhalb weniger Minuten gingen nach und nach die Straßenlaternen an.

Miranda beeilte sich, in belebtere Gegenden zu kommen.

Aber erst auf der Fußgängerzone, wo trotz der späten Stunde ein paar Leute unterwegs waren, kam sie wieder zu Atem.

„Was für ein Mist“, sagte sie zu Isabel. „Sehen wir zu, dass wir nach Hause kommen. Und ab morgen soll Nexus solche nächtlichen Ausflüge unternehmen, wenn er schon meint, wir müssten Detektiv spielen!“

Tropfen

Nexus hatte zwar gesagt, dass er nach Hause gehen würde, aber er hatte anderes vor. Die Nacht war dunkel und erlaubte es, magische Mittel einzusetzen, die bei Tag wirkungslos blieben.

Dazu gehörten Beschwörungen von Wesenheiten, das Rufen von Naturgeistern, das Wahrsagen über Quellen und Teichen und die Durchführung von Blutpakten.

Und ein Blutpakt war jetzt genau das Richtige.

Es gab große und kleine Pakte und Nexus war nicht so dumm, einen großen zu vollziehen. Damit würde er gezwungen sein, einem Wesen der dunklen Welt ein Leben lang Blut darzubringen. Allerdings gab es für kleine Pakte auch entsprechend weniger Gegenleistungen.

Nexus lief bis zum Stadtrand, packte seinen Tabak in eine Plastiktüte, die er eng zusammenwickelte, weil die Wesen den Geruch von Tabak nicht mochten. Dann wusch er sich in einer Pfütze dreimal rituell die Hände und schüttelte sie in alle Himmelsrichtungen aus.

Mit immer noch nassen Händen ging er auf die Felder hinaus.

„Kommt, kommt, ihr Dunklen, unter euch rufe ich einen, der Willens ist, einen Pakt zu schließen. Kommt!"

„Was sind Sie denn für ein Spinner?", fragte jemand, dann prallte ein großer Labrador in ihn hinein und gab sich alle Mühe, sein Gesicht abzulecken.

„Das ist doch meine Sache! Tun Sie lieber ihren Köter weg, verflucht nochmal!"

„Timmy, komm! Sonst steckst du dich noch mit etwas an."

„Der eine ruft eben Hunde, der andere anderes", sagte Nexus wütend. „Und wenn Sie jetzt nicht abhauen, hex ich dem Vieh Flöhe an."

„Wenn Sie mir drohen, hole ich die Polizei."

„Holen Sie die mal und erzählen denen von Flöhen und Magie. Da landen Sie glatt noch hinter den Türen einer psychiatrischen Anstalt."

„Sie gehören dahin! In die Anstalt", rief mutig der Hundebesitzer, schaffte es dann in der trüben Beleuchtung am Stadtrand seinen Labrador anzuleinen und sich davonzumachen.

Nexus verzichtete auf den Flohzauber, weil er sich nicht mehr gut genug an die Formel erinnerte. Jetzt hatte ihm dieser Mistkerl die Nachtgeister vertrieben!

Aber da irrte er sich.

Schon wenige Minuten später sagte eine Stimme leise und melodisch: „Du willst einen Pakt schließen, Nexus, Zauberer aus Ipswich?“

„Das will ich“, bestätigte er schnell. „Einen kleinen Pakt für mein frisches, gutes Blut.“

„Bäh, dein Blut ist alles andere als gut, voll mit Giften, Tabak und dem Gestank der Stadt.“

„Dann sieh zu, wo du besseres kriegst.“

„Spiel nicht den Beleidigten, das nehme ich dir nicht ab! Komm her, lege deine Hand auf den Stein zu deiner Rechten und lass mich kosten!“

Nexus schüttelte den Kopf.

„Gekostet wird nicht. Du willst mich nur ohne Gegenleistung um mein Blut erleichtern. Ich kenne deinesgleichen. Schließ mit mir den Pakt oder heb ab!“

Um Nexus herum zischelte und murmelte es in den Gräsern am Feldrand. Der Himmel hatte einen regenbogenartigen Schimmer bekommen. Das Wenige, was von der Mondsichel zu sehen war, blinkte im Goldton alter, lange Zeit vergrabener Münzen.

Es roch nach Schnee.

„Was willst du als Gegenleistung?“, flüsterte es hinter Nexus, der sich nicht die Blöße gab, herumzufahren.

„Wissen und Verständnis.“

„Worüber und wovon?“

„Hier und in vielen Ländern der Welt verschwinden Kundige der Magie. Begonnen hat es wohl am Dreizehnten des

Monats. Ich will herausfinden, wer dafür verantwortlich ist, wie es gemacht wurde und wie es wieder rückgängig gemacht werden kann."

Von allen Seiten war Gelächter zu hören.

„Nicht vielleicht noch das Alter der Welt und den Sinn des Lebens für ein paar Tropfen Blut, das nichts mehr von Frische und Jugend hat?"

„Gib mir von dem Verlangten so viel, wie angemessen ist."

Unerwartet wurde es still und Nexus fürchtete schon, der Pakt sei aus irgendeinem Grund geplatzt.

Doch die Stimme sagte klarer und sachlicher als bisher: „Wir wissen diese Dinge nicht. Ich kann dir Hinweise geben, mehr nicht. Kein Wesen der Nachtseite hat Teil an dem, wovon du sprichst."

Überrascht nickte Nexus. Nichtwissen wurde hier selten zugegeben. Das bedeutete vermutlich, dass die geheimnisvollen Fälle des Verschwindens sogar hierhin Unruhe und Besorgnis gebracht hatten.

„Gib mir die Hinweise, die du hast, und nimm sieben Tropfen auf nächtlichem Stein!"

Gräser raschelten im kalten Wind.

„Es sei so, wie du es wünschst."

Ein Lichtpunkt markierte die Stelle, an der Nexus dann einen kopfgroßen Stein fand. Er wischte ihn mit einem Papiertaschentuch ganz trocken, holte sein Taschenmesser aus der Hosentasche, stach sich in die Fingerkuppe und versuchte, mitzuzählen, als die Tropfen fielen.

Plötzlich wurde ihm übel.

Was war das denn?

Er fiel nie um, nur weil er ein paar Tropfen Blut opferte.

Nexus schluckte, wollte sich aufrichten, kippte aber seitlich um, landete in einer Feldfurche und stand im nächsten Moment in einem Dom von unendlicher Größe, erfüllt von goldenem, überirdischem Licht.

Wie groß. Wie strahlend.

Die Pfeiler reichten höher hinauf, als er blicken konnte.

Jemand sagte: „Ja, seid ihr denn bescheuert? Schickt ihn zurück! Sofort!"

„Aber ich will nicht zurück", widersprach Nexus schnell. „Hier ist es schön. Überwältigend schön. Und warm."

„Schafft ihn hier weg, habe ich gesagt!"

Er fiel wie ein Stein.

Das Licht war weg.

Benommen lag er schon im nächsten Augenblick auf dem nächtlichen Acker.

Neben ihm schwirrten kleine Flügel.

„Finde das Buch. Finde den Hund. Finde den Mantel. Du und die Hexe, nehmt sieben mal sieben Tropfen von dem Saft der Königskerze, damit euch nichts wandelt. Es wird dauern, bis ihr alles vollbracht habt. Findet den Kater mit zwei Schwänzen, den Dachs und einen Vogel mit feuchtdunklen Augen. Damit ist die Siebenzahl voll und es kann vollbracht werden, auch wenn bis dahin viel Zeit vergeht. Doch hütet euch!"

„Wovor?“, fragte Nexus und brachte das Wort nur unter Anstrengung heraus.

Niemand gab ihm Antwort.

Nexus stöhnte, drehte sich auf den Bauch und sehnte sich nach dem hohen Dom mit seinem strahlenden Licht, das ihn von innen heraus so wunderbar erwärmt hatte. Hier hingegen war es kalt.

Und ihm war gar nicht gut.

Stöhnend kam er auf die Knie. Bis zum Weg kroch er voran.

Am liebsten wäre er einfach wieder umgekippt.

Aber die Kälte ließ ihn dann darum kämpfen, auf die Beine zu kommen. Wie ein Betrunkener wankte er nach Hause.

Und obwohl es weit nach Mitternacht war, rief er Miranda Valentine an.

Glas

Miranda hatte Spülmittel und feuchte Tücher mitgebracht und reinigte behutsam die Glühbirnen. Sie hatten gemeinsam gefrühstückt und waren dann zum Rauchsalon gelaufen.

„So ist es besser, denke ich."

Nexus löste die Lasche am Deckel des Korbes.

„Geh, such Buch", sagte er zu Isabel und lachte, als sie über einen Stuhl und dessen Lehne aufs nächste Regal sprang. „Wäre das nicht praktisch, wenn man einfach nur ein paar Katzen hierlassen müsste und sie würden das Buch für uns auftreiben?"

„Praktisch, aber leider nicht praktikabel." Miranda stieg von der Trittleiter, die Hakon ihr entgegenkommend geliehen hatte.

Der Großmeister schien ohnehin guter Laune, nachdem er innerhalb kurzer Zeit so oft vier Pfund hatte kassieren können. Das machte ihn so großzügig, dass er sogar irgendetwas von Tee murmelte.

Aber da Miranda und Nexus die Hygienestandards des Hauses nur zu gut kannten, lehnten sie beide höflich ab. Hakon kehrte also nach unten zurück und Nexus lief von einem Regal zum anderen, zog hier ein Buch heraus, schob es wieder zurück, bückte sich, ließ die Fingerspitzen die Buchrücken liebkosen und wanderte dann zum nächsten Regal weiter.

Miranda ging lieber systematisch vor.

Sie begann bei den Kräuterbüchern, musste aber schnell feststellen, dass die Bände zwar grob nach Fachrichtungen sortiert waren, es aber oft mehrere Möglichkeiten gab, ein Buch einer Kategorie zuzuweisen und daher nicht alle Kräuterbücher am selben Platz standen.

Sie kam kurzatmig aus der Hocke hoch, als Isabel über ihr miaute.

„Ja, mein Schatz?"

Dann fiel ihr Blick auf einen Buchrücken. Der Titel lautete: *Eigenschaften und Kräfte der Königskerze*

„Was bist du doch für ein gutes Mädchen", sagte sie zu Isabel und nahm das Buch heraus.

Es war nicht das, was sie suchten. Ganz sicher nicht.

Aber trotzdem interessant.

Sie zeigte es Nexus.

„Hier, schau das mal durch! Ich suche weiter. Wo dieses steht, könnte auch ein anderes zum selben Thema stehen."

Nexus nahm es entgegen.

„Ja. Nur wissen wir nicht, ob die geheimnisvollen seherischen Fähigkeiten deines neuen Freundes etwas taugen. Was sollen uns Königskerzen jetzt helfen?"

„Irgendeiner Spur müssen wir folgen. Oder nicht?"

Nexus brummelte etwas und fing an, in dem Buch herumzublättern. Miranda erkletterte die Trittleiter und ging die Bände im obersten Regalfach durch.

Dann polterte unten irgendetwas.

Man hörte Hakon abwehrend etwas sagen.

Nexus ließ das Buch im Stich und lief die Treppe hinab und Miranda war im Nu von der Trittleiter herunter und folgte ihm.

Unten standen die drei Magier, die erst kürzlich ihn und Miranda auf der Straße provoziert hatten.

Auf dem Boden lagen die Scherben eines gelben Sparschweins und einige wenige Scheine und Münzen.

„Was wollt ihr hier? Haut ab!", brüllte Nexus.

„Wir dürfen doch zum Lesen herkommen wie jeder andere, oder?", fragte der eine betont harmlos. „Was kann ich dafür, wenn dem alten Hakon vor Schreck die Sachen aus der Hand fallen, wenn hier mal drei Leute auf einmal auftauchen?"

„Sie wollten mein Geld", klagte Hakon und strich nervös über seinen kugelrunden Bauch. „All mein Geld!"

Oh je, wenn das wirklich alles war, was er besaß ...

„Ihr lasst ihn in Ruhe!", befahl Miranda. „Oder es geht euch wie neulich."

„Inzwischen haben wir einen Gegenhex", informierte sie einer der drei. „Von dir lassen wir uns nicht nochmal auf der Nase herumtanzen. Und jetzt lasst uns hier mit dem großen Meister Hakon weitermachen!"

Hakon sah nicht aus, als sei das nach seinem Geschmack.

Nexus schaute auf die vielleicht dreißig Pfund, die da am Boden lagen.

„Schämt euch, ihr Schweine! Und versucht es bei Leuten, die mehr haben. Hier würde ich es lassen und zwar nicht, weil ich es sage. Sondern weil die Bibliothek geschützt ist. Mithin auch ihr Bewahrer. Wenn ihr meint, das durchziehen zu können, dann riskiert ihr saftige Probleme."

„La-la-la. Irgendwo plappert eine hässliche Krähe", spottete der Anführer der Gruppe, ein untersetzter Mann um die dreißig, der Miranda an den Verkäufer an der Fleischtheke beim Supermarkt um die Ecke erinnerte.

Sie hoffte, dass Nexus mit dem Schutz des Bewahrers Recht hatte, denn sie war gar nicht sicher, ob sie einen zweiten Kampf mit diesen dreien genauso gut überstehen würden wie den ersten.

Bisher machte nur nichts den Eindruck, Schutz gewähren zu wollen. Einer der drei Magier begann das Geld aufzusammeln, aber Nexus trat ihm auf die Hand.

„Lass das, du fetter Drecksack!"

Der Untersetzte packte Nexus am Hemd.

„Bodyshaming ist absolut nicht okay, hat dir das mal einer gesagt?"

„Schöne Rede macht noch keinen schönen Redner", gab Nexus zurück. „Und ihr seid Drecksäcke, egal wie man das heutzutage nennen sollte. Arbeitsvermeidende Besitzumverteiler mit visuell feststellbarem Bewegungsmangel?"

Ihn traf ein Schlag ins Gesicht.

Miranda verpasste dem Mann im Reflex einen Tritt gegen das Schienbein, rutschte weg, landete in den Scherben des Sparschweins und sah noch, wie der dritte Magier nach Hakon schlug.

Dann war alles auf einmal langsam, wie dickflüssig. Jede Bewegung erschien unendlich mühsam. So mühsam.

Die ganze Welt war aus Glas und zerbrach in tausend Splitter.

Miranda sah fasziniert zu, wie sie quälend langsam in alle Richtungen flogen.

Nach einer gefühlten Ewigkeit bekam alles wieder sein normales Tempo. Miranda saß gegen eine Vitrine mit magischen Erinnerungsstücken gelehnt und neben ihr kniete Nexus und hielt sich den Kopf.

„Das ist jetzt echt doof, tut mir leid“, beteuerte Hakon. „Der Zauber, der über den Salon wacht, hat euch am Rande mit erwischt. Ich kann das nicht steuern. Der macht, was er will. Immer schon.“

„Wo sind denn die drei Schurkenmagier?“, erkundigte sich Miranda und bemerkte einen metallischen Geschmack im Mund.

„Weg. Keine Ahnung wie. Es war wie ein Wind, der sie durch die Tür nach draußen fegte.“ Hakon wirkte zerknirscht. „Möchtet ihr einen Tee? Oder ein Glas Sherry?“

„Nein. Nein, danke“, erwiderten Nexus und Miranda wie im Chor. Miranda dachte an die schlecht oder gar nicht gespülten Gläser. „Mir geht es schon wieder gut“, behauptete sie. Sie war überrascht, dass sie aufstehen konnte. Nur da, wo sie inzwischen zweimal aufgeschlagen war, blutete das Knie wieder ein wenig.

Auch Nexus richtete sich auf.

„Geschieht denen nur recht. Und wir gehen wieder hoch, wenn es dir nichts ausmacht. Ich will noch mehr Lektüre für meine vier Pfund."

Er ging nach oben, während Miranda erst einmal Hakon dabei half, das Geld zwischen den Scherben des Sparschweins herauszulesen.

„Haben die irgendwas gesagt oder gleich Porzellan zerschlagen?"

„Ist nur Keramik", berichtigte Hakon. „Die haben gesagt, es weht jetzt ein anderer Wind in der Welt der Magiekundigen und sie wollen eine wöchentliche Zahlung, damit mir und dem Haus in schweren Zeiten nichts zustößt."

„Also sind wir schon bei Schutzgelderpressung? Das ist frech."

Hakon hustete und türmte Münzen zu kleinen Stapeln.

„Die kommen eher nicht wieder."

„Wahrscheinlich nicht."

Miranda ging wieder nach oben.

„Deine Katze hat Kratzer an die Tür gemacht", erklärte Nexus. „Die wollte wohl zu dir."

Spontan hob Miranda die Katze hoch und drückte sie an sich.

„Du bist ein gutes Mädchen!“ Isabel miaute, strampelte dann aber und Miranda setzte sie auf den Tisch. Dort lag das Buch über Königskerzen. „Vielleicht sollten wir uns ein paar Pflanzen besorgen“, überlegte sie. „Man weiß nie, was so eine Wahrsagung genau bedeutet. Und wir standen jetzt schon mehrmals plötzlich im Dunkeln. Da kann man Königskerzen dann ja angeblich anzünden und sie leuchten einem.“

„Wenn man den Sagen glauben kann, leuchten sie nur einem König“, verbesserte Nexus. „Aber das könnten wir ja ausprobieren. Ich habe nie versucht, eine anzuzünden. Da sie viel Öl enthalten, brennen die vielleicht tatsächlich. Wenn du Pech hast, sogar lichterloh.“

„Frisch werden wir keine bekommen, aber im Esoterikladen haben die bestimmt getrocknete.“

„Später, später“, bremste Nexus. „Wir suchen immer noch ein Buch, wie dein Freund es gezeichnet hat.“

„Und einen Mantel“, überlegte Miranda. „Meint das einen Ritualmantel? Der Mann, der heute Nacht aufgetaucht ist, trug so etwas.“

Nexus zuckte die Achseln.

„Immer dieses Gewäsch, aus dem eh keiner schlau wird. Genügend Magier benutzen Ritualmäntel. Was sagt das schon? Und was war es noch? Ein Dachs? Dachse beißen und lassen sich nicht auf deine Couch locken. Sie laufen auch bestimmt nicht mitten in Ipswich herum.“

„Und ein Vogel mit feuchtdunklen Augen.“

„Da siehst du es! So ein Nonsens. Alle Vögel haben feuchtdunkle Augen."

Miranda seufzte.

„Such du weiter nach Büchern, wenn du magst. Ich gehe schnell zum Esoterikladen und füttere dann Mumpitz. Er mag das alles gar nicht und außerdem müssen Katzen regelmäßig essen."

Und Nexus knurrte etwas von Miranda und ihrem nicht normalen Fürsorgetrieb für Tiere.

Fackeln

Isabel gewöhnte sich langsam daran, herumgetragen zu werden und überlegte kurz, ob sie dabei nicht fett werden würde. Aber wie bei dem wenigen, das sie aß?

Fitness und gutes Aussehen mussten sowieso zurückstehen, bis sie endlich wieder Kontrolle über ihr Leben bekam.

Nicht bestimmen zu können, wo es als nächstes hinging, fand sie außerordentlich frustrierend. Aber jetzt war sie mit dem Ziel einverstanden. Es schien nur logisch, im einzigen esoterischen Laden der Stadt Erkundigungen einzuziehen.

Miranda trug sie die fünf Treppenstufen hinauf und schon wurde ihnen die Tür aufgehalten.

„Hallo, meine Liebe", flötete Runa, die Betreiberin. „Schön, dass du auch mal wieder hereinschaust. Ich habe Räucherwerk hereinbekommen und das neuste Buch von Tony Herran, fast schon ein Guru, wie man sagt. Ein Weiser, der uns so viel Wegweisung geben kann. Aber komm erst einmal herein! Möchtest du einen Tee probieren? Ich habe Rooibusch-Himbeere im Wochenangebot."

„Danke, ja", sagte Miranda. „Also ja zum Tee."

Runa lief zur Kasse, neben der ein silberfarbenes Tablett mit Thermoskanne und kleinen, chinesischen Tassen stand. Sie schenkte sparsam ein.

„Magst du Honig dazu? Ich beziehe ihn von einem Voodoo-Seher, der eigene Bienenstöcke besitzt."

„Billy? Den kenne ich. Und wenn es sein Honig ist, nehme ich ein Löffelchen."

„Du kennst Billy the Bee?", fragte Runa.

„Ja."

Miranda trank Tee und Isabel zog die Nase kraus. Der Geruch nach künstlichem Himbeeraroma war alles andere als wohltuend.

„Wie läuft es denn so?", fragte Miranda dann, noch ehe Runa weitere Waren anpreisen konnte.

„Gut. Gut. Natürlich könnte es immer besser sein. Die Leute haben immer weniger Geld. Nur komme ich dank Nimues kleinem Geld- und Reichtumsbringer immer noch zurecht." Sie berührte ein Amulett an ihrem Hals. „Ich gehe nirgendwo hin ohne diesen Anhänger und natürlich auch nicht ohne den geweihten Mondstein der Artemis."

„Ja, was mich zu der Frage bringt, ob du Königskerze da hast."

„Königskerze?" Kurz verschwand Runas Miene fortgesetzter Glückseligkeit. „Ja, ich habe sie beim Räucherwerk. Hier, meine Liebe!" Sie eilte zum Regal und hielt Miranda einen Plastikbeutel entgegen.

„Ich suche die Blüten ungeschnitten."

„Oh, die könnte ich vielleicht bestellen. Sicher bin ich mir nicht. Aber die meisten Anwendungen kannst du ruhig mit geschnittenem Kraut durchführen, das funktioniert ganz wunderbar!"

„Bei dem, was ich vorhabe, eher weniger", erwiderte Miranda.

Dann fiel Runas Blick auf den Korb.

„Hast du eine neue Katze gekauft, Miranda? Die ist ja zuckersüß! So niedlich! Sie ist noch jung, nicht wahr?"

„Sie ist mir zugelaufen. Könntest du nachsehen, ob du Königskerze als Blütenstand bestellen kannst?"

„Ei, du, du du!", sagte Runa und Isabel fauchte. „Oh, sie hat aber eine unfreundliche Aura. Du wirst da etwas machen müssen, Miranda, mein Schatz."

„Die Königskerze", erinnerte sie Miranda.

„Ja, ja, natürlich."

Runa fing an, in Katalogen zu blättern und vor sich hinzumurmeln.

„Gibt es Neues zum Verschwinden von Hexen und Zauberern?", fragte Miranda beiläufig und Runa rutschte der Katalog aus der Hand. Sie bückte sich und hob ihn auf.

„Oh, wie ungeschickt von mir. Was sagtest du, Miranda?"

„Wie inzwischen jeder gemerkt hat, verschwinden Magiekundige. Ich dachte, du hast bestimmt Neues gehört. Immerhin kommen so gut wie alle von uns zu dir, wenn sie etwas brauchen."

„Also, verschwinden würde ich es nicht nennen“, sagte Runa und klang plötzlich vorsichtig. „Manche sind wohl aus dem Rampenlicht zurückgetreten oder nehmen eine Auszeit. Viele fahren gerne weg, wenn das Wetter so scheußlich ist. Die werden alle wieder auftauchen.“

„Meinst du?“

„Ja, was denn sonst? Hier sind deine Königskerzenblüten, aber ich fürchte, sie sind nicht ganz billig. In der Packung sind fünf Stück und ich muss drei Packungen bestellen. Das wird dir zu viel sein.“

„Nein, bestell sie mir. Ich zahle sie dir gerne an.“

„Ah, oh, ja, gut.“ Runa gab die Bestellung gleich in ihren ultramodernen, ultradünnen Laptop ein. „Magst du denn sonst noch etwas haben, Miranda?“

„Hast du ein Amulett gegen Verschwindezauber?“

Runa lachte gezwungen.

„Das Thema beschäftigt dich ja, Schatz, nicht wahr? Also gegen Verschwinden nicht direkt, aber wie wäre es denn mit einem Voodoo-Amulett von Billy, das gegen Verzauberung hilft? Da du ihn kennst, weißt du ja, wie begabt er ist, und man sagt, seine Mutter wäre eine sehr, sehr eingeweihte und gefährliche Hexe in Port-au-Prince gewesen. Ich nehme an, dort musste sie ihre Anti-Verzauberungszauber kennen. Dort gibt es Hexer an jeder Ecke.“

„Ich sehe es mir an. Hast du noch etwas anderes?“

„Natürlich.“ Runa schloss eine Vitrine auf. „Schau nur, was ich gerade bekommen habe: Ein kabbalistisches Amulett, das helfen soll, nicht verhext zu werden. Echt Messing. Getreu nach der Tradition. Und gar nicht teuer!“

„Gibt es nicht noch etwas lokal Erzeugtes?“, erkundigte sich Miranda. Gewiss wusste sie ebenso gut wie Isabel, dass solche Amulette vollkommen wirkungslos waren, ungeweiht und Illustrationen aus alten Zauberbüchern nur nachgebildet.

„Lokal? Ja, also da hätte ich noch einen Trank, aber das ist mehr so etwas, das ich gegen einen Freundschaftspreis weitergebe, nichts Offizielles. Tränke, du weißt es sicher, brauchen sonst ellenlange Beilagen über die Inhaltsstoffe und teils kann man in Schwierigkeiten kommen, obwohl alles vollkommen nach der alten Kunst ist und ...“

„Zeig mir, was du da hast“, bat Miranda.

„Ja, also, der Trank der Abwehr von allem Bösen. Rubio braut ihn, der Meister der wahrhaftigen Neunzehn. Manche sagen, er sei selbst kein weißer Magier, aber er versteht die Kunst.“

„Ich hörte“, sagte Miranda, und Isabel meinte zum ersten Mal, Ironie in Mirandas Stimme zu hören, „der Großmeister der wahrhaftigen Neunzehn sei ebenfalls verschwunden. Vielleicht sollte ich also doch lieber Billys Amulett nehmen.“

„Ein so mächtiger Zauberer verschwindet doch nicht“, empörte sich Runa.

„Ich hörte es nur“, sagte Miranda. „Wie viel bekommst du dafür und was soll ich für die Königskerzen anzahlen?“

Runa tippte auf ihrer Kasse herum.

„Also, ich gebe dir natürlich einen kleinen Rabatt. Billy würde das wollen, wenn du ihn kennst. Siebzig Pfund, alles in allem, Liebes."

Miranda zahlte den Betrag und bestand auf einem Kassenzettel, obwohl Runa sie erinnerte, dass es für die Umwelt besser gewesen wäre, darauf zu verzichten.

„Weiß eigentlich jemand, wo Rubio überhaupt lebt?", erkundigte sich Miranda. „Der Orden ist doch geheim, wenn ich mich nicht irre."

Runa kicherte.

„Geheimer als Hakons geheime Loge auf jeden Fall. Ich meine gehört zu haben, er sei irgendwo am Hafen."

„Wenn er dir Sachen verkauft, hast du da nicht seine Adresse?"

„Nein", versicherte ihr Runa. „Er kommt vorbei, wenn er etwas hat, das er verkaufen möchte. Niemals würde er jemandem wie mir eine Adresse geben. So geheim ist das alles dann ja schon."

Miranda sah in ihre Geldbörse.

„Weißt du was: Gib mir dann doch ein Fläschchen von seinem Trank gegen Behexung. Man weiß ja nie, wann man ihn brauchen kann."

Der Hafen

Diesmal hatte Miranda die Katze daheim gelassen, die nach einem Teller Eiersuppe selig im Wollkorb schlief.

Nexus war sehr erleichtert darüber. Tiere machten ihn nervös. Sie waren kaum besser als Kinder.

Er hatte es Miranda ganz einfach einreden können, indem er sagte, es sei am Hafen doch viel zu kalt für eine so kleine Katze wie Isabel.

Also war er jetzt allein mit der Hexe und bereit, in das Haus eines Großmeisters einzubrechen. Dazu mussten sie es nur erst finden.

Die hohen roten Häuser sahen alle gleich aus und Nexus fand den Anblick der vielen Boote und Yachten gähnend langweilig. Am Hafen. Das konnte so vieles heißen.

Er blieb stehen, als ein junger Kerl Miranda zuwinkte.

„Wer ist das?", fragte er argwöhnisch.

„Oh, das ist Billy. Was für ein Zufall, ihn hier zu treffen!"

„Zufall, aha", knurrte Nexus.

Dieser Billy war jung, trug albern bunte Klamotten, eine orange Mütze und roch auf einen Meter Entfernung nach Bienenwachs und Propolistinktur.

Nexus nickte ihm gnädig zu.

Die ausgestreckte Hand ignorierte er.

„Billy“, sagte Billy.

„Nexus“, knurrte Nexus. „Und da das geklärt ist: Was machst du hier? Rennst du uns hinterher?“

„Nicht direkt“, erwiderte Billy gutgelaunt, was Nexus noch mehr ärgerte und misstrauisch machte. „Könnte aber sein, ich hatte dieselbe Idee wie ihr: Mal bei den Vermissten vorbeizuschauen.“

„Gut“, lobte Miranda. „Du weißt nämlich vielleicht, wo die gesuchte Person überhaupt wohnt.“

„Falls ihr Rubio meint, ja, das weiß ich. Wir hatten manchmal miteinander zu tun. Und ihr setzt euch unnötig dem kalten Wind aus. Wir müssen durch diese Gasse wieder weg vom Hafen und zu einer Halle dahinter.“

„Der Großmeister eines magischen Ordens wohnt in einer Halle am Hafen?“, wunderte sich Miranda.

Billy nickte fröhlich.

„Ja, klar. Sie ist zu einem Loft umgebaut. Sündteurer Schuppen. Rubio mag es modern. Nur reinzukommen, wird möglicherweise schwierig werden. Er mag keine Leute, die ohne Einladung reinschneien und hat Mittel, sie wegzuscheuchen.“

„Da wette ich“, sagte Nexus. „Aber du würdest ja nicht hinlaufen, wenn du nicht einen Trick zur Hand hättest.“

Billy grinste und sparte sich eine Antwort.

Die Gasse war äußerst schmal und zu beiden Seiten gab es nur ziegelrote Wände ohne Fenster. Das schwache Winterlicht drang fast gar nicht bis zum Boden und Miranda wäre beinahe über ein herumliegendes Fischernetz gestolpert. Billy fasste sie am Arm und verhinderte einen Sturz.

„Seid jetzt ein bisschen vorsichtig", riet er.

Die Halle stand allein neben einer Baustelle, wo wohl eine ähnliche Halle gerade abgerissen wurde. Von außen hatte sie nichts Modernes und auch nichts Schickes.

Selbst die Tür machte keinen soliden Eindruck, anders, als Nexus es erwartet hätte.

„Und?", fragte er Billy. „Was hast du also aufzubieten?"

Billy nahm eine Schachtel aus einer voluminösen Tasche seiner vielfarbigen Jacke, öffnete den Deckel und hielt sie ans Schloss der Tür.

Ein Summen war zu hören. Wie von einer Biene.

Kurz zeigte ein Klacken an, dass der Sperrriegel geöffnet worden war.

„Drinnen warten sicher noch Überraschungen auf uns", mahnte Billy. „Haltet besser die Zauberstäbe bereit!"

Doch zunächst passierte gar nichts.

Sie betraten eine Halle, die Nexus mit ihrer Ausstattung provozierte. Er mochte keine Poser und keine Leute, die ihren Reichtum heraushängen ließen.

Wände gab es so gut wie keine.

Zwei Ledersofas standen mutterseelenallein in der Gegend herum, als seien sie ausgesetzt worden.

Bis zum nächsten Möbelstück waren es bestimmt sechs Meter. Von der Decke hingen Lampen, die als Industrieleuchten durchgehen sollten, vermutlich aber ein Vermögen gekostet hatten, ebenso wie die Küchentheke aus gemasertem Holz. Der Herd hatte eine zentrale Abzugshaube und man hätte einen Ochsen unzerteilt darauf braten können.

Miranda betrachtete den Boden.

„So einen wollte ich immer, wenn ich mal zu etwas komme“, sagte sie andächtig. „Gebeizte Eiche.“

„Ein Boden ist ein Boden“, sagte Nexus. „Und hier ist einer der Meinung, er wäre sowas wie der moderne Luis XIV. Ein König unter den Magiern. Statt Gold gibt es Zeug, das genauso viel kostet, und Geschmack besitzt er auch keinen.“

Auf einmal wurde es dunkler, so als würde draußen die Sonne untergehen. Stimmen sprachen und es hörte sich an, als kämen sie von unter dem Boden aus gebeizter Eiche. Sie hatten etwas Geisterhaftes.

Nexus hielt den Zauberstab ganz gerade und lauschte.

Dann holte Miranda eine kleine violette Flasche heraus, entkorkte sie, schnupperte und nahm einen Schluck.

„Bäh, viel zu süß. Wollt ihr auch? Das ist ein Trank, den Rubio angeblich persönlich gebraut hat, um Leute vor Verzauberung zu schützen.“

„Na, was du nicht alles hast“, lobte Billy. Auch er schnupperte erst und trank dann.

Nexus lehnte ab.

„Ich will nichts, was dieser Blender zusammengemischt hat!"

Gemeinsam liefen sie die Halle ab.

Nexus öffnete die Tür zu einem Raum, der aussah, als könnte er Geheimnisse verbergen, doch lag dahinter das Bad.

Das Bett stand ungemacht im hinteren Teil des riesigen Raumes.

Vier Meter entfernt war ein Frühstückstisch gedeckt und ein geköpftes Ei, das nicht mehr sehr lecker aussah, stand in einem silbernen Eierbecher. Toast war in einem silbernen Korb trocken geworden. Ein Stück Butter besaß inzwischen die Farbe von Lemon Curd.

„Guck!", sagte Miranda. „Es ist genau wie bei Isabel Bowles. Er wurde beim Frühstück erwischt und er wollte gerade die Zeitung lesen. Doch dann geschah etwas. Aber sehen wir hier ein Tier?"

„Würden wir es denn sehen?", fragte Nexus zurück. „Hier könntest du eine Herde Hochlandkühe reintreiben und würdest sie erst nach Tagen finden."

„Ein Tier hätte doch Ei, Toast und Butter nicht stehenlassen", gab Billy zu bedenken. „Aber was mich interessiert, ist das da!" Er zeigte auf das Dachfenster hoch über ihnen. Es stand offen. „Da würden deine Hochlandkühe glatt durchpassen", sagte er zu Nexus. „Ein magisches Tier hätte also hereinkommen können und wäre auch wieder herausgelangt."

Nexus musste ihm Recht geben.

Die Halle bebte.

„Uh“, sagte Billy. „Das ist nicht gut.“

Schlagartig drehte sich das ganze Gebäude einmal um die eigene Achse, rotierte nach links, nach rechts und Nexus kam der Mageninhalt schon hoch, ehe er irgendwo Halt finden konnte.

„Was hat er denn?“, fragte Miranda hörbar besorgt. „Das Beben hat doch aufgehört.“

„Er hat deinen Trank nicht getrunken.“

„Ah, daran wird es liegen. Bei Juno, Nexus! Du bist kreideweiß. Hier, halt dich an meiner Hand!“

Nexus griff danach und fiel dann zusammen mit Miranda durch einen sturmgrauen Himmel. Dauernd drehte sich alles. Die Wolken, Miranda. Alles eben.

„Besser, wir verfrachten ihn ins Bad und verpassen ihm eine Dusche“, schlug Billy vor. „Das ist nämlich ein bisschen eklig, wenn du mich fragst.“

Nexus wehrte sich dagegen, nun auch noch ertränkt zu werden, doch die beiden kannten keine Gnade und duschten ihn von Kopf bis Fuß ab, nicht ohne ihn mehrmals mit etwas einzuseifen, das nach Meer und Maskulinität roch.

Schließlich kniete Nexus mit tropfenden Kleidern in einer großen, bodengleichen Dusche in Bleigrau.

„Er erfriert uns doch jetzt, wenn wir rausgehen“, sagte Miranda.

„Er erfriert nicht“, versprach Billy. Er hob seinen honiggelben Zauberstab und sprach: „Sicco!“

Im Bad wallte noch mehr Dampf auf. Die Spiegel beschlugen. Dann war Nexus wieder trocken, roch aber jetzt nach dem verdammten Duschgel.

Ihm war noch leicht übel, es drehte sich aber nichts mehr.

„Was für ein Arsch dieser Rubio ist“, sagte er und stemmte sich hoch.

„Was war denn überhaupt?“, fragte Miranda. „Du sahst aus, als würdest du den Boden unter den Füßen verlieren.“

„Die Halle drehte sich und das schnell und ruckhaft, dann fiel ich.“ Nexus verspürte gleichzeitig Wut und Verlegenheit. „Und wofür das alles? Wir wissen nicht mehr als vorher. Überhaupt nichts, das wir nicht schon wussten.“

Fackelblume

„Es ist wie in einem Kriminalroman“, entgegnete Billy. „Du merkst es ja gar nicht, wenn du Hinweise siehst, ehe sie später zusammen mit anderen Hinweisen einen Sinn ergeben. Deswegen brauchst du nicht zu jammern. Sammeln wir weiter und dann ergibt sich früher oder später schon ein Bild.“

„Klingt ja toll“, murrte Nexus.

Billy lachte. Er fand Nexus unterhaltsam. Ein Zauberer, der den Höhepunkt seiner Karriere schon überschritten hatte. Und dieser Höhepunkt selbst war wohl eher ein recht flacher Hügel gewesen. Knurrig, nach Tabak riechend, mit Kleidern, die vor Billys Geburt vielleicht total angesagt gewesen waren.

Außerdem schielte er manchmal zu Miranda, dass man denken konnte, es gäbe da ein leises Interesse.

„Wo ist eigentlich die Katze?“, fragte Billy.

„Zu Hause. Sie schlief und es ist sehr kalt heute. In dem Katzenkorb würde sie zu sehr frieren.“

„Katzen sind zäher als sie oft aussehen“, bemerkte Billy. „Wir könnten aber jetzt mal noch zu einer anderen Wohnung gehen, einer die nicht so protzig ist, damit Nexus sich nicht so unwohl fühlen muss. Es ist nämlich auch Thomas Jinx verschwunden. Der dürfte mehr auf seiner Linie liegen.“

„Der Jinx?“, fragte Nexus und schien wider Willen beeindruckt.

„Genau der. Er soll mal ein ganz Großer gewesen sein.“

„Das ist er noch“, gab Nexus zurück. „Vielleicht kommt er näher an die Zauberer des neunzehnten Jahrhunderts heran als die meisten noch lebenden Magiekundigen.“

„So groß war er aber in den letzten Jahren nicht mehr, wie man mir zuraunte. Vollkommen heruntergekommen. Er wohnt hinterm Regent Theater. Da könnten wir also direkt hinlaufen.“

Die beiden nickten und Billy ging ihnen voraus durch die Upper Orwell Street und die Fore Street, wo es langsam etwas weniger heftig wehte und die Kälter weniger fühlbar wurde.

Der alte Tom wohnte in einem der ziegelroten kleinen Stadthäuser in der Cobbold Street, vor denen heute die blauen Mülltonnen zur Abholung standen, was einen netten Farbkontrast bot, wie Billy fand.

Er führte seine Begleiter zu dem Häuschen, in dem Tom lebte, öffnete die Tür mit seiner trainierten Biene und tat dasselbe an der Wohnungstür.

„Ach du Scheiße“, murmelte Nexus, kaum, dass sie drinnen waren.

Hier sah es aus wie an einem Tatort.

Sachen lagen verstreut.

Von der Küche kam ein unerfreulicher Geruch. Fliegen summten. Billy rief seine Biene zurück und schloss den Kasten.

Miranda ging schon ins Wohnzimmer.

Billy hörte sie Anrufungen an Hestia murmeln.

Kein Wunder. Das Sofa war verfärbt, der gläserne Couchtisch vollgestellt mit alten Tassen, in denen Flüssigkeiten eingetrocknet waren, eine Teppichkante war hochgeschlagen und darunter kam ein Dielenboden zum Vorschein, der wesentlich sauberer war als der Teppich, der vermutlich bald anfangen würde, selbst Leben zu entwickeln.

Nexus hielt sich die Nase zu und öffnete die Tür zum Bad. Dann schlug er sie wieder zu.

„Eine Leiche?", fragte Billy gefasst.

„Nein, glaube nicht. Aber hier ging es jemandem nicht gut."

Dann sagte ruhig und mit klarer Stimme Miranda vom Wohnzimmer her: „Die Leiche ist hier."

Billy stieg über die umgeschlagene Teppichkante hinweg. „Echt?"

Dann sah er es selbst.

Thomas Jinx lag zusammengekrümmt hinter seinem Sofa.

Und das nicht erst seit gestern.

Billy zog sich die Mütze vom Kopf.

Nexus sah an ihm vorbei und hustete.

„Verdammt, mir ist doch schon schlecht!"

„Die erste Leiche", sagte Billy nachdenklich.

„Sag doch sowas nicht", bat Miranda. „Hoffentlich die einzige." Sie wirkte erstaunlich gefasst. „Was machen wir denn jetzt?"

„Sehen wir uns um, ob wir Hinweise finden und dann sollten wir wohl die Polizei rufen."

„Und was sagen wir, wie wir reingekommen sind? Indem eine Biene uns geöffnet hat?", fragte Nexus.

„Nicht doch. Schau mal in den Schlüsselkasten oder an das Schlüsselbrett. Meist haben Leute Zweitschlüssel. Nimm den und wir sagen, er hatte ihn einem von uns gegeben, weil er alt wurde. Zur Absicherung für genau solche Fälle. Wir behaupten, dass wir etwas Sorge hatten und nach ihm gesehen haben. Und ihn eben fanden."

„Gut."

Nexus ging in den Flur und Schlüssel klapperten.

„Blut sehe ich nicht", sagte Miranda und kämpfte sich wieder hinter dem Sofa hervor. „Und ich kann nicht sagen, ob er eines natürlichen Todes starb oder an Magie."

„Die Frage ist doch", rief Nexus vom Flur her, „weshalb er hinterm Sofa liegt. Ich meine, wer würde sich hinters Sofa legen? Das sieht doch eher aus, als sollte die Leiche versteckt werden."

„Punkt für dich", bestätigte Billy.

„Armer Tom Jinx", sagte Miranda. „Er war erst um die sechzig, glaube ich."

„Ist schon ein Alter“, kommentierte das Billy, der sechzig durchaus nicht wenig fand. Aber gut, er war vierundzwanzig und hatte hoffentlich noch ein paar gute Jahre bis dahin.

„Wer ruft jetzt die Polizei?“, fragte Nexus und zeigte auf der offenen Hand einen Schlüssel mit dem Anhänger *Daheim.*

„Ich“, erwiderte Miranda. „Das klingt harmloser, als wenn es einer von euch beiden tut.“

Sie wählte den Notruf und schilderte, sie habe einen älteren Bekannten vermutlich tot gefunden, als sie nach ihm sehen wollte.

„Sie sind in drei Minuten da. Wollt ihr beide hierbleiben oder lieber gehen?“

„Hierbleiben“, sagte Nexus. „Was glaubst du, was los ist, wenn irgendein Nachbar meint, er muss der Polizei sagen, dass zwei Leute vom Tatort abgehauen sind, nämlich ein Schwarzer und so ein Goth-Typ. Dann fangen die an, sich Gedanken zu machen.“

Billy lachte.

„Ziemlich sicher, ja. Und wir können nicht mal durchlüften, bis die kommen, sonst ruinieren wir damit die Arbeit der Spurensicherung.“

Die Polizeistreife erschien pünktlich nach drei Minuten und eine junge Frau und ein Mann kurz vor der Pensionierungsgrenze kamen herein, begutachteten den Toten und riefen sofort Verstärkung.

Billy und seine Begleiter mussten eine kurze Aussage machen und durften dann gehen.

„So leicht hatte ich mir das nicht vorgestellt“, sagte Miranda.

„Noch glauben die, da wäre nur ein alter Messie still und friedlich umgefallen“, mutmaßte Billy. „Aber wenn die irgendetwas finden, das komisch aussieht, dann werden die sich sehr viel intensiver mit uns beschäftigen.“

„Dann sollten wir sicher sein, dass wir alle dasselbe sagen.“

„Ja, Miranda. Das sollten wir. Und damit das klappt, setzen wir uns irgendwo zusammen, wo es weniger stinkt und es vielleicht einen Tee gibt.“

Kriegsrat

Miranda bot ihre Wohnung an. Es war nur angemessen, Billy einen Gegenbesuch zu ermöglichen.

Also liefen sie die weiteren zehn Minuten bis zu ihrer Wohnung und Miranda bot nicht nur Melissentee an, sondern auch einen Kuchen aus dem Glas, den sie für alle Fälle in der Speisekammer stehen hatte.

Billy machte es sich sofort auf der Couch gemütlich und Isabel umtanzte Miranda.

„Hast du mich vermisst, Schatz?“, fragte Miranda und streichelte sie.

Daraufhin maunzte Isabel so, als müsse sie sich über etwas beschweren. Fast wie ein Mensch, der spricht.

„Ja, ich weiß, du wärst gern mitgekommen, aber weißt du, wir haben eine Leiche gefunden und das wäre für dich nicht gut gewesen. Oder die Polizei hätte dort dann ein weißes Katzenhaar gefunden und das hätte alles kompliziert gemacht.“

Die Katze sah großäugig zu ihr auf, als wolle sie fragen: „Eine Leiche?“

„Ja, der alte Thomas Jinx", sagte Miranda und schnitt Teekuchen. „Komisch. Ich bin nicht sicher, ob das ein natürlicher Tod war. Und wie lange er da schon lag, will ich eigentlich gar nicht wissen. Billy, möchtest du auch Melissentee?"

„Natürlich", rief es von der Couch her.

Dort saß Billy dann, als Miranda den Tee brachte, und hatte Mumpitz auf dem Schoß.

„Große Liebe", sagte er und strich dem Perserkater das Fell glatt. „Und so ein schöner Kerl aber auch!"

Isabel rettete sich daraufhin zu Nexus, der nicht recht zu wissen schien, wie er zu dieser Ehre kam, als sie sich neben ihm auf die Armlehne der Couch setzte.

„Ja, ja, ist ja gut", sagte er und schnippte gegen eins der beiden Öhrchen.

Isabel miaute und dann schien es wieder als würde sie lange und voller Klagen auf ihn einreden.

„Sei ruhig und iss Kuchen", befahl Nexus.

Und genau das tat Isabel auch.

„Katzenernährung ist nicht so dein Gebiet, oder?", fragte Billy an Miranda gewandt.

„Ich dachte schon, bis ich dieses kleine Wesen aufgelesen habe. Sie will partout kein Katzenfutter, egal wie teuer oder hypoallergen. Also sehe ich zu, dass sie überhaupt etwas in den Magen bekommt, dünn wie sie ist. Und auf meine Aushänge hat sich ja bisher niemand gemeldet."

„Sie ist eben doch eingeschleust", behauptete Nexus. „Es gelingt uns nicht, sie zu enttarnen, aber sie ist möglicherweise eine Art Pixie oder ein anderes Wesen, das die Gestalt in die eines Tieres wandeln kann."

Isabel kommentierte das mit einem lauten und protestierenden Miauen.

„Ja, ich würd es an deiner Stelle auch nicht zugeben", sagte Nexus zu ihr und strich ihr mit der Fingerkuppe über den Kopf. „Wenn du entsandt bist, um Miranda verschwinden zu lassen, dann verstellst du dich nur nicht gut genug, weißt du das? Katzen essen keinen Kuchen, trinken keinen Tee und wollen nicht mitgenommen werden. Sie bleiben eher an dem Ort, den sie kennen."

Isabel miaute.

„Ja, mecker und maul nur herum. Dir trau ich keinen Meter weit", sagte Nexus, wozu es nicht ganz passte, dass er ihr noch ein großes Stück von seinem Kuchen an den Tellerrand schob.

Billy streichelte Mumpitz, der kräftig schnurrte, aß seinen Kuchen mit der linken Hand und sagte lange gar nichts.

„Wir übersehen was", behauptete er dann. „Irgendetwas übersehen wir."

„Garantiert. Nur was? Ich sehe auch den Sinn nicht, jetzt mit Kräutern herumzumachen. Königskerzen, Nachtkerzen oder was auch immer für Kerzen – das sind doch keine Zutaten zu großer Zauberei."

„Wollblume. Fackelblume", murmelte Miranda. „Wie nennt man sie noch? Unholdenkraut, Blitzblume."

„Unholdenkraut", überlegte Nexus. „Vielleicht taugt sie dann doch was. Wenn nämlich die Tiere in Wirklichkeit Unholde sind, die Tiergestalt angenommen haben, dann könnte die Königskerze helfen, ihr wahres Wesen aufzudecken."

„Unholde", wiederholte Billy. „Das kann ja vieles heißen. Manche nennen sogar die Dämonen so. Ich jedoch meine, Unholde sind kleine Wesen der Nachtwelt, Kobolde, Gnome und so weiter."

„Dämonen", fragte Nexus. „Nein, das sind keine der Unholden. Unholde sind tatsächlich Kobolde und andere Wesen des Schattenreiches. Und wenn ein Magier sie ausgesandt hat, kann er sie möglicherweise in Tiergestalt gewandelt haben, damit sie von seinen Opfern freundlich aufgenommen werden: kleine weiße Katzen, kleine Wuschelhunde mit traurigen Augen ..."

Isabel gab einen Laut von sich, der schon eher an ein Jaulen erinnerte.

„Isabel ist doch kein Kobold", sagte Miranda. „Sie ist lieb und eher zart."

„Und hat schon rumgetobt wie der Teufel persönlich", erinnerte sie Nexus. „Fragt sich nur, ob wir einen Zauber kennen, der Kobolde enthüllt. Da allerdings könnte ich meine Mutter fragen, so ungern ich das tun würde."

Billy nickte nachdenklich.

„Deine Mutter. Die ist ja noch da, wie man hört. Hat sie von einem Tier berichtet, das ihr zulaufen wollte?"

„Wir machen keinen Smalltalk, wenn wir uns sehen."

„Oh."

Miranda spürte die Anspannung und fragte, ob sie nicht noch etwas Herzhaftes auf den Tisch bringen sollte.

„Ich könnte Suppe machen."

„Wir haben zu tun und der Kuchen war reichlich", schnitt ihr Nexus das Wort ab. „Wir sind jetzt seit einer Weile an der Sache dran und außer schrägen Thesen haben wir nichts in der Hand."

„Und was tun wir als Nächstes?", wollte Billy wissen. „Weitere Leichen würde ich ungern finden."

„Wenn nötig auch das", sagte Nexus. „Nur hat uns Thomas mit seiner kleinen siffigen Wohnung null weitergebracht. Wir wissen nicht einmal, ob es einen Zusammenhang gibt."

Billy streichelte den wohlig schnurrenden Mumpitz unterm Kinn

„Ich bitte dich! Es wäre ja ein sonderbares Zusammentreffen, wenn ein Mann wie er gerade jetzt ermordet wird und es nichts mit dem anderen zu tun hat."

„Wenn es nicht eben doch Altersschwäche war, die ihn umgebracht hat."

An dieser Stelle fing Isabel mit einem solchen Radau an, dass sie die fruchtlose Debatte beendete.

„Still jetzt!", brüllte Nexus.

Isabel gab ein Hicks von sich und war ruhig. Großäugig sah sie zu ihm auf.

„Besser. Und jetzt verteilen wir Aufgaben. Das ist ja alles ein einziges Chaos."

„Ich hole die Königskerzen ab, die ich bei Runa bestellt habe", sagte Miranda.

„Ich besuche weitere Wohnungen verschwundener Zauberer", versprach Billy. „Und was willst du tun?"

Nexus nahm seinen Tabak heraus, merkte, dass er eine Weile lang nicht geraucht hatte, starrte den Beutel an und steckte ihn wieder weg.

„Ich tue es tatsächlich: Ich gehe zu meiner Mutter in den Strickladen und rede mit ihr über Kobolde. Nur wird sie mich danach wahrscheinlich einweisen lassen."

Haare

Isabell war es leid. So leid.
Dieser Billy war doch gar nicht auf den Kopf gefallen und doch kam auch er nicht auf die richtige Lösung.

Und sie war in diesem kleinen Körper gefangen, der ständig nur essen und schlafen wollte. Ihre einzige Hoffnung ruhte auf Leuten, die nachweislich sonst so gut wie nichts auf die Reihe bekamen.

Sie gaben sich Mühe, sie dachten nach, sie liefen hierhin und dorthin. Und dabei kam nichts heraus.

Und jetzt ein toter Magier.

Natürlich war Thomas schon lange keiner der Großen mehr gewesen, denn er litt seit Jahren unter Alzheimer, was er seinen vielen alchemistischen Experimenten mit Blei und Quecksilber verdankte. Nicht ganz dement und in der Lage, allein zu leben, hatte er trotzdem nichts Großes mehr hinbekommen.

War er einfach so gestorben? Oder hatte man ihn umbringen müssen, weil er sofort gewusst hätte, worum es ging? Kannte er den Zauber oder hatte ihn sogar selbst als junger Mann niedergeschrieben? Oder hätte er einen Gegenzauber gewusst? Jedenfalls gab es Gründe, weshalb man ihn hätte ausschalten müssen. Aber warum ihn nicht einfach ebenfalls verschwinden lassen?

Isabel kratzte sich mit der Hinterpfote am Ohr.

Interessant.

Ihn umzubringen, wäre dann nötig gewesen, wenn er entweder einfach nicht verschwunden war, obwohl man ihn verzaubert hatte. Oder, wenn er durch den Zauber grundsätzlich nicht zu erreichen war. Alzheimer konnte sich merkwürdig auf Magie auswirken.

Isabel begann, auf dem Teppich auf und abzulaufen.

„Jetzt schau dir das wieder an", sagte Nexus zu Miranda. „Sag nicht, das sei normal."

Isabel setzte sich überrascht.

Was hatte sie denn getan?

Alle drei sahen sie an.

„Dann kapiert es endlich", wollte sie schreien.

Heraus kam wieder eine Mischung aus Miauen und Kreischen.

„Vielleicht keine Magie, sondern Tollwut", überlegte Nexus. „So süß und klein sie ist, kann sie sich ja was geholt haben. Oder ihr bizarres Verhalten ist eben der Beweis, dass sie keine Katze ist!"

Isabel ging zu ihm und schmiegte sich an sein Bein, ganz im Reflex, wie um ihm zuzustimmen. Dann fand sie es selbst anbiedernd und peinlich und wich zurück.

„Der Enthüllungszauber für Familiare hat nichts erbracht", erklärte Miranda. „Kennt einer von euch beiden andere Zauber, die wir anwenden könnten?"

Billy kramte in seiner Tasche, brachte ein kleines Stück Papier zum Vorschein, auf dem nichts geschrieben oder gedruckt stand, leckte es an, und bat um eine Kerze.

„Ist die Farbe egal?"

„Ja, aber wenn du hast, gib mir eine schwarze."

Miranda brachte eine und zündete sie an.

Billy verbrannte den Zettel über seinem leeren Kuchenteller, es roch kurz nach verbranntem Karamell, dann lag nur noch Asche da und dazu eine kleine weiße Ecke des Papiers, die nicht verbrannt war.

Billy betrachtete Asche und Papierstückchen.

Er kratzte sich zwischen Mund und Nase, ging in die Hocke und sah aus gleicher Höhe auf den kleinen Berg aus schwarzen Rückständen.

„Und?", knurrte Nexus.

„Ich verstehe es nicht", bekannte Billy. „Kann ich eine weiße Kerze haben?"

Miranda brachte und entzündete eine weiße Kerze und Billy hielt mit der Kuchengabel die verbliebene Ecke des Papiers in die Flamme.

Es bekam einen braunen Rand, weigerte sich aber standhaft, Feuer zu fangen.

„Wird aus dem Hokuspokus heute noch was?", fragte Nexus.

Billy ignorierte ihn und beobachtete den Rauch, der von der Kerze zur Wohnzimmerdecke stieg.

„Die Katze ist kein Familiar, kein Gnom, kein Kobold und nichts von schwarzem Wesen“, sagte er nach einer weiteren halben Minute. „Eher gehört sie dem Guten zu. Die Magie will sich absolut nicht zeigen, doch sagt diese Probe klar, dass sie auch keine normale Katze sein kann. Nexus, du bist der Raubeinige unter uns. Reiß ihr ein Haar aus!“

Isabel wollte von der Couch hüpfen, aber Nexus griff mitten in ihren weißen Pelz und hatte gleich ein halbes Dutzend feiner Haare an der Hand.

Billy nahm eins und verbrannte es.

Der Geruch war wenig angenehm.

Isabel stand an der Kante des Couchtischs und beobachtete das Experiment. Würde Billy jetzt endlich mal ein Licht aufgehen? Was konnte sie nur tun, um ihm klarzumachen, was hier los war?

„Die Katze gehört nicht hierher“, sagte Billy. „Sie muss an den Ort, von dem sie stammt.“

„Und der wäre?“, fragte Nexus.

„Bisher hat sich keiner als Besitzerin oder Besitzer gemeldet“, erklärte Miranda. „Und ich bin sicher, jeder würde sich bemühen, eine so hübsche kleine Katze so rasch wie möglich wiederzubekommen.“

Billy ließ sich noch ein Haar geben.

„Oder eben nicht. Weil das Kätzchen einen Auftrag hat und der nicht zu seinem Verursacher zurückverfolgt werden soll.“

Er hielt das feine Haar gegen das Licht.

„Dieses Brimborium ist großartig", sagte Nexus mit ätzendem Spott.

„Deine Ironie auch", entgegnete Billy. „Nur nutze ich meine Zauberkräfte, während du herumsitzt und andere kommentierst wie ein Sportreporter ein Cricket Match. Komm runter von der Tribüne und zeig uns was von deinem Können oder lass mich meine Methoden einsetzen, so weit sie uns eben bringen!"

„Könntet ihr das lassen und euch auf die Sache konzentrieren?", mahnte Miranda und beide sagten: „Tue ich doch."

Isabel war schon wieder so weit, dass sie beinahe herumgemaunzt hätte. Aber jetzt musste es gleich so weit sein. Gleich! Sie würden es verstehen ...

Es klingelte.

„Wer ist das denn jetzt?"

Miranda stand auf und ging die Tür öffnen.

Isabel hörte eine weitere Männerstimme.

„Guten Abend, Ms Valentine. Mein Name ist Inspektor Andrews. Ich ermittle im Todesfall, den Sie heute gemeldet haben. Könnte ich hereinkommen?"

„Natürlich."

Isabel sprang auf die Lehne der Couch und sah hinter Nexus hervor.

Der Inspektor war nicht so bedrohlich, wie sie angenommen hatte, wirkte aber doch streng und trug einen hellgrauen Trenchcoat.

„Habe ich da eventuell auch die beiden Herren, die heute bei der Auffindung dabei waren?"

Beide Männer bejahten das.

„Auf den Schreck habe ich ihnen Kuchen serviert", erklärte Miranda. „Wie können wir Ihnen denn helfen, Inspektor? Gibt es Erkenntnisse? Ist Tom an Herzversagen gestorben?"

„Die Erkenntnisse sammeln wir noch. Und wenn es Sie nicht stört, würde ich gerne die Fragen stellen."

Miranda schien verlegen.

„Natürlich. Möchten Sie Tee? Ich habe Melisse in der Kanne."

„Danke, nein."

Isabel blieb hinter Nexus verborgen und hörte zu, wie der Polizist eine ganze Reihe von Routinefragen stellte. Sie lehnte sich etwas vor, als er fragte: „Hatte Mr Jinx Feinde?"

„Feinde?", fragte Miranda zurück. „Er war ein älterer Herr mit leichter Alzheimer Erkrankung. Ich kann mir nicht vorstellen, dass er Feinde hatte."

„Wissen Sie etwas über mögliche Erben?"

„Tom war kinderlos und seine letzte Beziehung liegt bestimmt zwölf Jahre zurück. Daher nehme ich an, es gibt keine. Oder wenn, dann weiß ich nichts darüber."

„Sie erwähnten Alzheimer. Nahm er starke Medikamente?"

„Ich denke eher, er behandelte sich selbst. Mit Kräutern."

„Möglicherweise giftigen Kräutern?"

„Wollen Sie andeuten, etwas wäre nicht in Ordnung, Inspektor?"

Er überging die Frage.

„Experimentierte er mit Substanzen?"

„Ich glaube, das hat er früher. Jetzt war er dazu eigentlich zu krank."

Inspektor Andrews wandte sich plötzlich Billy zu.

„Sie sind Mr William Charles?"

„Bin ich."

„Wie kam es, dass Sie mit Ms Valentine zu Mr Jinx gingen?"

„Ms Valentine machte sich Sorgen, weil sie ein paar Tage nichts von ihm gehört hatte, und da wir uns ohnehin treffen wollten, sind wir zu dritt hingegangen. Was sich dann als berechtigte herausstellte."

„Erwarteten Sie Mr Jinx tot zu finden?"

„Nein. Auch wenn man sich Gedanken macht, erwartet man sowas nicht wirklich."

Der Inspektor nickte und fragte Nexus dasselbe. Isabel maunzte wieder einmal frustriert. In anderer Gestalt hätte sie diesem Mann etwas zum Thema Zeitverschwendung gesagt.

„Hübsche Katze." Inspektor Andrews streckte die Hand nach ihr aus und sie versteckte sich ganz hinter Nexus. „Hatte Mr Jinx auch Katzen?"

„Nein, er hätte sie nicht zuverlässig versorgen können. Außerdem mochte er sie glaube ich nicht besonders."

„Haben Sie selbst noch weitere Katzen?"

„Ja, einen Perserkater."

„Könnte ich den mal sehen?"

Miranda stand auf und lockte Mumpitz mit einem Leckerli zu sich.

Der Inspektor betrachtete ihn nur kurz.

„Weshalb fragen Sie das denn?", wollte Miranda wissen.

„Weil im Mund des Toten ein einzelnes rot-beiges Katzenhaar entdeckt wurde."

Isabel schaute hinter Nexus hervor und Miranda sah zu Billy.

„Rot-beige? Das sagt mir nichts."

Kurz darauf verabschiedete sich der Inspektor, ohne etwas über die Todesursache preisgegeben zu haben.

Als Miranda die Tür hinter ihm geschlossen hatte, sagte Nexus: „Also hatten wir die ganze Zeit Recht!"

„Aber Thomas hat sich doch nicht verwandelt", protestierte Miranda.

„Er war krank und starb vielleicht, statt sich beim Kontakt mit der Katze zu verwandeln, geschwächt wie er war."

„Heißt das, man müsste ein Haar in den Mund bekommen?"

Nexus sah vorwurfsvoll zu Isabel, so als würde sie versuchen, ihn zu verhexen.

„Das wäre eine blöde Methode", behauptete Billy. „Jeder achtet doch darauf, keine Haare in den Mund zu bekommen."

„Richtig. Aber was auch immer das bedeutet", fasste es Nexus zusammen. „Wir wissen jetzt, dass auch da ein Tier im Spiel war. Ein rot getigerter Kater offenbar. Ich glaube, nur Kater haben diese Farbe. Und das alles bedeutet, dass wir dem Tierheim einen Besuch abstatten sollten, um zu schauen, ob die den kleinen schwarzen Wischmopp eingefangen haben. Bei der Gelegenheit unterhalten wir uns mal generell über überraschend auftauchende Haustiere im Einzugsbereich von Ipswich. Beispielsweise über rot-getigerte Kater."

Gitter

Im Tierheim der Stadt stießen sie auf drei junge Frauen, die einander so ähnlich sahen, dass Nexus sie kaum auseinanderhalten konnte. Sie waren alle drei mittelblond, langhaarig, gekleidet in Jeans und Kapuzenshirts mit dem Aufdruck des Vereins, der das Tierheim betrieb, und alle drei stellten sich quer.

„Wir geben keine Auskünfte", sagten sie, während es ringsum bellte, fiepte und jaulte. „Und Sie können nicht nach einem bestimmten Tier suchen, außer, es ist Ihnen weggelaufen. Dann zeigen Sie uns bitte einen Eigentumsnachweis."

„Wer hat denn sowas", empörte sich Nexus.

Eine der drei starrte Billy an und flüsterte dann den anderen etwas zu. Es gab eine kurze Debatte, dann wurden sie gebeten, zu gehen.

„Warum das denn?"

„Sie sind doch ein Voodoopriester oder sowas?", fragte eine, an Billy gewandt.

„Ich bin Imker", entgegnete er lächelnd.

Sie sah ihn vorwurfsvoll an.

„Wir vermitteln unsere Tiere nur an Leute, die zuverlässig erscheinen und das Tier wirklich halten wollen."

„Und das will ich nicht?", erkundigte er sich.

Ihr Blick ließ vermuten, dass sie ihn sich bei dunklen Ritualen vorstellte, die darin bestanden, unschuldige Haustiere Göttern mit unaussprechlichen Namen zu opfern.

„Wir entscheiden, wem wir unsere Schützlinge anvertrauen und wir müssen nichts erklären."

„Wenn Sie meinen, ich könnte keinen Hund adoptieren, kommen Sie doch zu mir nach Hause und überzeugen Sie sich, dass dort alles seine Ordnung hat", schlug er vor und lächelte einladend.

Jedenfalls fand Nexus an diesem Lächeln nichts auszusetzen, wohl aber die junge Frau.

„Was soll das denn?", kam es nämlich sofort. „Wir müssen uns hier kein sexistisches Verhalten gefallen lassen und keine fragwürdigen Angebote."

„Ich dachte, so wäre der Ablauf", versuchte es Billy noch einmal. „Jemand kommt zu einem nach Hause und macht sich ein Bild vom künftigen Halter."

„Verlassen Sie jetzt das Grundstück oder wir setzen das Hausrecht in Kraft!"

„Gehen wir", sagte Billy zu Miranda. „Anscheinend wird dieses Tierheim von äußerst vorurteilsbehafteten Rassistinnen betrieben. Man will mir keinen Hund geben, offensichtlich, weil ich schwarz bin."

Das ließ die drei jungen Frauen entgeistert schweigen.

Nexus hielt Miranda die Tür auf.

„Ja, gehen wir!"

Miranda lief dann aber an der Reihe der Gittergelasse entlang. „Seht doch, das ist der kleine Wuschel!"

Nexus folgte ihr.

„Ja, sieht ganz so aus."

Und der kleine Hund begann auf und ab zu springen, wie ein Gummiball und natürlich kläffte er wieder einmal.

„Sie können ihn nicht haben", rief eine der Tierheimmitarbeiterinnen empört und fügte hinzu: „Es ist beleidigend, uns Rassismus zu unterstellen und das dulden wir nicht. Sie müssen jetzt gehen!"

„Kommt", sagte Billy und fasste Miranda am Jackenärmel.

Nexus war überrascht, dass er tatsächlich ärgerlich wirkte.

Sie liefen durch den Hof und hinter ihnen jaulte jetzt der schwarze Hund.

„War ja schnell reagiert, mit deinem Rassismusvorwurf", sagte Nexus anerkennend.

Billy sah sich zum Gebäude um.

„Das war kein Fake", sagte er merklich angespannt. „Seit Kindertagen muss ich mir anhören, dass Voodoo-Zauberer Tiere opfern. Ich opfere aber keine Tiere. Und ich kenne keinen einzigen Voodoo-Praktizierenden, der das tut. Und dahinter steht das Vorurteil des unzivilisierten Schwarzen, der ums Feuer tanzt und weiße Hähne schlachtet, um irgendwen auf diese Weise zu verhexen."

„Sagt man das nicht über alle Magier?"

„Weiß ich nicht", erwiderte Billy patzig. „Aber ich habe es in den Augen von dieser Frau gesehen. Sie hat gehört, dass es hier in der Gegend jemanden gibt, der Voodoo macht, sieht mich, denkt sich sofort, dass ich das sein muss und sagt dann, dass wir kein Tier adoptieren können. Was soll ich da denken?"

„Reg dich ab", empfahl Nexus. „Klauen wir ihnen den Hund eben."

„Nur haben wir keine Auskünfte über andere Tiere bekommen. Ob mehr gefunden werden und so weiter", klagte Miranda.

Billy schien sich gerade erst in seinen Ärger hineinzusteigern.

„Und wie wir ihnen diesen Hund klauen werden", schnaubte er.

Der schien das ebenfalls zu erhoffen, denn ein durchdringendes Heulen kam jetzt von den Gehegen.

„Erst einmal weg hier", empfahl Nexus. „Wir wollen nicht, dass die bei einem Einbruch dann sofort an uns denken."

Da ihm nichts anderes einfiel, führte er seine beiden Begleiter zu Hakon, der mit beseligter Miene drei Mal vier Pfund entgegennahm.

„Fühlt euch wie daheim", sagte er und deutete eine Verneigung an.

„Kamen die drei Mistkerle nochmal?", fragte Nexus.

Hakon schüttelte zufrieden den Kopf und strich sein Bäuchlein.

„Nein. Und ich glaube auch nicht, dass sie so bald wieder bei mir reinschauen."

Sie gingen nach oben und schalteten das Licht ein.

Die Bibliothek war verwüstet.

Bücher lagen herum, einige waren wie mit großer Kraft zerrissen. Lose Blätter klebten an der uralten Tapete.

Der Lesetisch war umgestürzt, die Leselampe zerbrochen.

Auf der Fensterscheibe entdeckte Nexus einen roten Stern. Es war kein Pentagramm, sondern ein Stern, der aussah wie von einem Kind gemalt, vier einander überkreuzende Striche.

„HAKON!", schrie Miranda. „Komm sofort hier herauf!"

Hakon schnaufte, als er die Stufen bewältigen musste.

„Was ist denn?"

„Die Bibliothek!"

Hakon kam auf dem Treppenabsatz an, dann stand er erst einmal da und keuchte, sah auf das Chaos und es schienen ihm die Worte zu fehlen.

„Wie ist das möglich?", fragte Billy scharf. „Ich denke, dieses Haus ist geschützt!"

„Ist es doch", jammerte Hakon. „Das ist es doch. Wie kann denn sowas passieren?"

Nexus ging ans Fenster und betrachtete den Stern.

„Kennt jemand dieses Zeichen? Gehört das zu einer Organisation?"

Alle kamen zu ihm.

Niemand sagte etwas.

Hakon stand mit hängenden Schultern mitten in der verwüsteten kleinen Bibliothek und schien kurz vor einem Heulkrampf zu stehen.

„Da sehen wir es nun“, sagte Nexus. „Wir haben es mit einem oder mehreren mächtigen Gegnern zu tun. Gerade erst wurde uns demonstriert, dass dieses Haus gut geschützt ist. Und jetzt sehen wir, dass es jemanden gibt, der diesen mächtigen Schutz brechen kann.“

„Was haben wir dann zu erwarten?“, fragte Miranda und hob ein Buch über die Kunst des Handlesens auf.

„Ärger“, erwiderte Nexus mit finsterer Miene. „Und ich tue jetzt besser, was ich versprochen habe: Ich gehe zu meiner Mutter.“

Wolle über den Augen

Diesmal gab er sich gar nicht erst Mühe, sich gerade zu halten oder sonst Eindruck zu machen. Er schob die Ladentür auf und ging bis zur Theke.

Dort saß der Lebensgefährte seiner Mutter, der Hexer Fibald, und strickte Babyschuhe aus feiner weißer Wolle.

„Na, mein Junge", sagte er.

„Wo ist Mum?"

„Ich habe keine Ahnung. Vermutlich unterwegs."

„Was soll das heißen?"

„Wirklich, Nex, deine Mutter hat Recht, wenn sie sagt, dass du aggressiv bist. Warum?"

„Ich bin nicht aggressiv, sondern will wissen, wieso du nicht weißt, wo sie ist!"

„Ach so. Brenda, unsere Ladennachbarin rief mich gegen halb elf Uhr an, weil der Laden nicht offen war. Also kam ich her und habe aufgeschlossen, mir einen Tee gekocht und kümmere mich um das Geschäft."

„Sehr großherzig von dir", knurrte Nexus. „Und du hast sie nicht angerufen oder so?"

Fibald schlug die kinderblauen Augen zu ihm auf.

„Natürlich habe ich das. Aber sie geht nicht dran. Also hat sie zu tun."

„Oh, du selbstgenügsamer Strickstrumpf!"

Nexus verließ den Laden, stürmte die Straße hinauf bis zur Hausnummer 16, öffnete sich mit einem Domus-Zauber die Tür und rief: „MUM?"

Es gab keine Antwort. Er kletterte die steile, enge Stiege hinauf. Das Schlafzimmer war leer, das Bett nicht gemacht. Wie bei Rubio.

Also sah er ins Bad.

Die Wanne war noch etwas nass. Demnach hatte sie das Bad erreicht. Wie sah es mit dem Frühstückstisch aus?

Nexus fiel die Stiege mehr hinab, als dass er sie hinabkletterte, ging in das kleine Wohnzimmer und fand dort friedlich beieinanderstehend ein gekochtes Ei, das noch nicht aufgeschlagen worden war, die zusammengefaltete Tageszeitung, eine Tasse kalten schwarzen Tee, eine Scheibe Zitrone, und einen steinkalten Porridge, neben dem eine Dose mit Zimtzucker darauf wartete, benutzt zu werden.

„Mum?", fragte er laut.

Sie war natürlich auch nicht in der Küche.

Niemand befand sich im Haus. Keine Mum, kein Tier, kein Mensch außer Nexus.

Und er begann sich zu fürchten.

Noch einmal ging er durchs Haus, sah gründlich überall nach, dachte dann an den Keller und stieg hinab, um dann allein zwischen hunderten von Gläsern mit Eingemachtem und Getrocknetem zu stehen.

Er verließ das Haus, kehrte zum Wollladen zurück. Fibald verkaufte gerade bunte Baumwolle und Stricknadeln an eine Frau, die schließlich über vierzig Pfund auf den Tresen zählte und mit einer Tasche voller Wolle wieder abzog.

„Sie ist nicht zu Hause. Sie hat Frühstück gemacht, es aber nicht angerührt. Es vergammelt da jetzt."

Fibald nahm die dünnen silbernen Nadeln wieder zur Hand und setzte seine Arbeit an dem Babyschuh fort.

„Gut, dass du es sagst. Ich werde später hingehen und aufräumen."

„Hörst du eigentlich schlecht?", erkundigte sich Nexus erbost. „Meine Mutter ist verschwunden!"

„Deine Mutter ist unterwegs. Das kann man nicht verschwunden nennen, Nex. Sie tut das ständig. Manchmal rufen Wesen nach ihr oder sie spürt das Bedürfnis, sich mit Energien zu verbinden, die ihr hier nicht zugänglich sind. Vielleicht nahte sich ihr eine Sehung ..."

„Nahte sich", spottete Nexus voller Wut. „Und was, wenn sich ein böser Zauber nahte? Was, wenn sie fort ist, wie die anderen Hexen und Zauberer?"

„Deine Mutter ist nicht so leicht zu erwischen", behauptete Fibald. „Überhaupt bist du zu hitzköpfig. Selbst die Polizei würde nach niemandem suchen, der erst seit dem Frühstück desselben Tages nicht gesehen wurde."

„Die Polizei. Aha. Hast du übrigens gehört, dass der alte Tom tot ist?"

„Ja, sehr bedauerlich, aber nun ist er ja im Licht, wie wir alle hoffen. Alzheimer ist keine leicht erträgliche Krankheit. Und über kurz oder lang ist sie tödlich."

„Im Licht." Nexus wollte böse Sätze anfügen, dachte dann an den ungeheuren Dom, in dem er kurze Augenblicke gestanden hatte, und sparte sich das. „Weißt du, woran er starb?"

Die feinen Nadeln klimperten mehr, als dass sie klapperten, als Fibald fröhlich weiterstrickte. Exakte Maschen.

Nexus hatte das Stricken nie richtig gelernt. Seine Ergebnisse hatten immer ausgesehen, als hätte die Wolle versucht, Amok zu laufen.

Fibald blickte über die schmalen Brillengläser seiner Lesebrille.

„Du machst dir Sorgen. Aber das ist unnötig. Deine Mutter ist robust und eigensinnig. Das weißt du doch."

„Und eigensinnige Leute kann niemand verzaubern?"

„Es ist wenigstens schwierig. Und sie hat mir gesagt, dass du ihr ein bisschen hilfst, diesen Fällen von Verschwinden nachzugehen. Ist es da nicht naheliegend, anzunehmen, dass sie in derselben Sache unterwegs ist wie du selbst?"

Ein bisschen hilfst?

Ja, so hatte sie das garantiert ausgedrückt.

„Wenn sie auftaucht, ruf mich an! Auf jeden Fall. Ob sie es will oder nicht!"

„Das mache ich, Nex. Schön, zu sehen, wie lieb du deine Mum doch bei allem hast."

Nexus floh aus dem Laden und überlegte, weshalb er nicht früher begriffen hatte, dass Fibald noch schlimmer war als seine Mutter. Sehr viel schlimmer.

Leute, die einfach so einen Babyschuh strickten, der aussah, als sei er Sekunden vorher von der Seite einer Mütterzeitschrift gefallen, die mussten einem suspekt sein.

Nexus holte den Tabaksbeutel heraus, doch als er sich eine Zigarette drehen wollte, wurden ihm die Finger im eisigen Wind so kalt, dass ihm das Papierchen herunterfiel und mit ihm der feingeschnittene Tabak.

„Bei den Dämonen des Flusses!"

Er stopfte den Beutel wieder in die Jackentasche.

Wo konnte er jetzt hingehen und über seine Sorgen und Befürchtungen reden?

Er beschloss, Miranda auf die Nerven zu fallen. Die hatte zwar immer einen scheußlichen Tee, aber ansonsten kochte sie gut und redete sich wenigstens nicht den Mund fusselig.

Eigentlich war sie sogar ziemlich klug. Nicht ängstlich. Nur der Tierfimmel nervte.

Nexus machte also kehrt, wandte sich von der Fußgängerzone ab und lief nordwärts, dahin, wo die Straßen der Stadt besonders malerisch aussahen, fast wie in früheren Zeiten.

Dann fiel ihm plötzlich etwas über die Augen, seine Knie schrammten über den Bordstein und etwas sehr Schnelles berührte ihn im Vorüberzischen.

Er riss die Wolle weg und sah einen Wagen am Straßenrand halten. Eine Frau rannte auf ihn zu.

„Mein Gott, sind Sie gefallen? Habe ich Sie erwischt? Sie waren plötzlich neben meinem Auto ..."

„Geht schon", behauptete er und stand auf. Das tat ja höllisch weh!

„Sind Sie verletzt? Oh je, Ihre Hose!"

„Lassen Sie die Hose. Alles ist okay. Sie haben keine Schuld. Ich bin gestürzt."

„Soll ich den Krankenwagen holen?", fragte sie, das Handy schon in der Hand.

„Nein. Ich bin in Ordnung. Fahren Sie weiter!"

Das musste er noch mehrfach wiederholen, ehe sie endlich wegfuhr.

Er gönnte sich jetzt einige saftige Flüche und lautes Jammern, dann sah er auf die Wolle, die ihm jemand von hinten über die Augen gezogen hatte, um ihn dann vor ein Auto schubsen zu können.

Es handelte sich um eine feine, flamingofarbene und kükengelbe Strickerei, die er erst nach mehrmaligem Drehen als Schlauchschal erkannte. Filigran und doch flauschig. Exakte Maschen.

Dieser Schal konnte nur von einem Ort in Ipswich stammen: dem Laden seiner Mutter.

Segenswolle

Miranda packte die Königskerzen ein, die leider ein wenig zerdrückt bei Runa angekommen waren.

Aber zum Herumexperimentieren reichte es vermutlich.

Dann sah sie einen Ständer mit Schals und überlegte, sich bei dem ungewöhnlich kalten Winterwetter etwas zu kaufen, das sie um den Hals herum wärmen würde.

„Die hattest du doch gestern noch nicht."

„Doch, da hatte ich sie nur noch nicht ausgepackt. Das habe ich gerade in meiner Mittagspause gemacht", entgegnete Runa. „Sind sie nicht wunderschön? Der Hexer Fibald strickt sie mit gesegneter Wolle. Sie bringen Glück und verhindern, dass du dich verkühlst. Möchtest du nicht einen anprobieren?"

Miranda stellte die Tasche ab und legte sich eins der federleichten Dinger um.

„Steht mir das?"

„Ausgezeichnet, Miranda. Es schmeichelt deiner Aura, besonders dieses kräftige und doch geheimnisvolle Pink. Und das Gelb ist wie die Sonne an einem schönen Sommertag, nicht wahr?"

Miranda war überrascht, wie warm und weich dieser dünne Schal war.

„Was kostet er denn?"

„Das ist das Unglaubliche", verkündete Runa stolz. „Fibald möchte, dass es allen in unserer Gemeinschaft gut geht und hat sie mir zu einem Freundschaftspreis überlassen. Für 49 Pfund kannst du ihn gleich anbehalten. Ich habe nichts so Alltagsweltliches wie ein Preisschild darangemacht."

Mirandas Einkommen erlaubte solche eigentlich unnötigen Anschaffungen gerade mal so. Aber bald war Weihnachten. Weshalb sich nicht mal etwas gönnen?

„Ich nehme ihn."

„Du wirst sehen, er passt auf dich auf und ich finde, deine Aura strahlt schon ein wenig mehr, jetzt, da du ihn die wenigen Minuten umhast."

Miranda bezahlte, froh, dass sie noch so viel einstecken hatte.

„Wirst du sie jetzt immer im Sortiment haben?"

„Was? Nein, Fibald hat nur sieben Stück gemacht – sehr aufwändig, sehr zeitintensiv – und zwei davon habe ich schon verkauft, da waren sie noch nicht ausgepackt, sondern lagen noch im Karton neben der Kasse. Deiner ist der dritte von sieben, der weggeht. Du kannst dich glücklich schätzen. Vermutlich sind bereits heute Abend alle davon weg."

„Ja, danke."

Miranda genoss die Wärme, die der Schal schenkte, als sie nun nach Hause lief. Vor ihrer Haustür fand sie Nexus, der kaum weniger verloren aussah, als das Kätzchen Isabel an dem regnerischen Abend.

Er sagte nicht einmal Hallo, sondern glotzte den Schal an.

„Neu", sagte sie. „Von Runa. Er ist schön warm."

Er sagte nichts und zog einen Schal heraus, das ganz genauso aussah, nur schmutzig und teilweise zerrissen. Er hielt ihn ihr hin wie eine Anklage.

„Hattest du auch einen gekauft?", fragte sie überrascht, denn das Wollgebilde war eindeutig farbiger als alles, das sie jemals an Nexus gesehen hatte.

„Nein", sagte er. „Damit wollte mich eben gerade jemand umbringen."

„Umbringen? Mit einem Schal?"

Er nickte und umklammerte die Wolle wie ein Beweisstück, das ihm jemand wegnehmen könnte.

„Komm doch rein und trink etwas", schlug sie vor und er tappte widerspruchslos hinter ihr her in den Hausflur.

Drinnen maunzte schon Isabel.

„Ich komme, Schätzchen", sagte Miranda, schloss auf und musste feststellen, dass die Katze eine rote Schramme auf dem Kopf hatte. „Oh, je, war das etwa Mumpitz? Mumpitz du böses Tier!"

Der Kater ließ sich nicht sehen. „Setz dich doch, du siehst wackelig aus", sagte sie zu Nexus. „Ich verarzte Isabel und setze etwas Kräftiges auf. Ach, und wasch dir doch die Hände!

Pflaster für deine Knie sind im Schrank hinter der Tür, auch Mullbinden findest du da."

Er sah auf seine offenen Knie und schlurfte ins Bad.

Isabel lief hinter ihm her und ihr Miauen klang wie eine ganze Reihe von Fragen.

„Halt den Schnabel", sagte er ungewohnt kraftlos und sie maunzte weiter.

Miranda setzte eine Gemüsesuppe aus Möhren und Zucchini auf, würzte sie sparsam, damit sie Isabel davon anbieten konnte, und schimpfte Mumpitz, der sich einfand, um sein Essen zu verlangen. Er widmete sich seinem Futter, ohne das geringste schlechtes Gewissen erkennen zu lassen.

Dann kam Nexus in die Küche. Das hatte er bisher nie getan.

„Meine Mutter ist verschwunden", sagte er. „Vom Frühstückstisch weg."

„Oh, nein!"

„Und ihr beschränkter Lebensgefährte denkt, sie ist nur mal so unterwegs, ohne jemandem Bescheid zu sagen."

„Vielleicht haben wir Glück und er hat Recht."

Nexus schüttelte den Kopf.

„Und dann kommt jemand von hinten, stülpt mir diesen Schal über den Kopf und schubst mich vor ein Auto. Das hat nur nicht richtig geklappt."

„Setz dich doch", riet ihm Miranda. „Du brauchst jetzt einen Tee ..."

„Zur Hölle mit dem Tee“, knurrte er. „Hast du denn nichts anderes?“

Miranda seufzte, griff hinter einen Vorhang, der ein Regal verdeckte, und stellte eine Flasche auf den Tisch.

„Bitte kein Kräuterelixier!“

„Das ist allerfeinster, hausgemachter Walnusslikör, du nie zufriedener Zauberer!“

Sie schenkte davon in zwei Gläser.

„Danke“, sagte Nexus und auch das war neu.

Sie tranken beide.

Gar nicht schlecht, wie Miranda dachte. Das Aroma war gelungen, der Hauch Vanille rundete es aufs Beste ab. Also goss sie nach.

„Auf unsere Mission!“

„Auf unsere Mission!“

„Die Wolle ist aus unserem Laden“, sagte Nexus dann. „Vermutlich hat Fibald das Ding gestrickt. Er ist unerträglich perfekt und sein Maschenbild sieht aus wie gemalt.“

„Ja, Fibald“, bestätigte Miranda. „Das hat Runa gesagt. Ich habe ihn bei ihr gekauft. Er hat nur sieben Stück gemacht. Und ich habe den dritten gekauft.“

Nexus stand auf.

„Das bedeutet, Runa weiß, wer mich umbringen wollte!“

„Ja, denn sie hat die zwei anderen selbst verkauft, als sie noch im Karton lagen.“

Nexus wollte aus der Küche stürmen, doch Miranda hielt ihn zurück.

„Runa ist geschäftstüchtig. Aber selbst sie macht irgendwann zu. Die findest du heute Abend nicht mehr in ihrem Laden. Du wirst bis morgen warten müssen."

Nexus murmelte daraufhin Flüche, die mit dem Fluss zu tun hatten, an dem Ipswich lag: dem Orwell, und den Wassergeistern, die darin lebten.

Er goss sich noch Walnusslikör nach.

„Auf dass es uns noch eine Weile gibt!"

Voll

Isabel stand in der Küchentür und wunderte sich. Was hatten die denn? Was sollte das alberne Gekicher?

Sie sprang über den Stuhl auf den Tisch.

Ach, du liebe Güte!

Das war Schnaps! Oder Likör.

Ja, Walnusslikör. Dem Geruch nach hatte der bestimmt vierzig Prozent Alkohol.

Hatten die jetzt nichts Besseres zu tun, als sich zu betrinken?

Nexus lachte und strich Isabel freundlich über das Rückenfell.

Wie viel musste der schon intus haben!

Die magische Welt war in Gefahr und die zwei schenkten sich einen ein? Isabel kannte sich mit Spirituosen aus, schließlich bereitete sie Tinkturen und Essenzen damit zu. Aber sie trank nicht. Eine angeheiterte Großhexe wäre doch zu peinlich gewesen. Und eine vollkommen betrunkene Großhexe konnte wahres Unheil anrichten. Niemand, der magiekundig war, sollte anders als nüchtern durch die Welt gehen.

Es klingelte.

„Nicht doch“, murrte Nexus. „Bitte nicht nochmal dieser idiotische Inspektor Andrews!“

Miranda lachte und ging an die Tür, dicht gefolgt von Isabel.

Draußen stand Billy the Bee.

Er drückte Miranda ein Glas in die Hand.

„Kesgraves feinster Honig.“

„Danke.“ Miranda lachte schon wieder. Es war, als würde sie damit gar nicht mehr aufhören wollen.

Sie lud Billy in die Küche ein, was sie sonst mit Gästen nicht tat, schenkte auch ihm Walnusslikör ins Glas und es sah aus, als würde dieser Abend endgültig peinlich und nutzlos enden.

Aber Billy schob die Flasche bald zur Seite.

„Ich habe Telefonate geführt. Und dabei sind interessante Dinge herausgekommen. Wollt ihr hören?“

„Ja“, riefen Miranda und Nexus und stießen miteinander an.

„Na, ihr werdet ja wissen, ob es etwas zu feiern gibt“, bemerkte Billy. „Was ich erzählen wollte: Es sind nicht alle gleichzeitig verschwunden. Alle Hexen und Magier in England selbst sind am Morgen oder Vormittag des dreizehnten Dezembers verschollen. Aber je weiter ein Zauberer von

England weg wohnt, desto später hat es ihn erwischt. Einige lösten sich sogar erst am sechzehnten Dezember in Luft auf."

„Aha", sagte Nexus, ging zur Spüle und goss sich kalten Melissentee vom Morgen ein.

„Versteht ihr nicht", drängte Billy. „Es muss ein magischer Gegenstand sein, irgendetwas, was von hier aus in alle Welt versendet wurde! Denn Magie in direkter Anwendung wirkt überall gleichzeitig. Dann wären alle am selben Morgen weg gewesen."

Jetzt wechselte auch Miranda zu kaltem Melissentee.

„Und das hilft uns weiter?"

„Ja, wir müssen nach einem Gegenstand Ausschau halten. Nicht nach einem Tier. Das war die ganze Zeit nichts als eine falsche Fährte! Niemand hätte ja Tiere verschickt. Das hätte auch länger gedauert wegen Einreiseformalitäten und so weiter. Quarantäne. Ihr wisst schon."

Miranda nickte und rieb sich mit den Fingerspitzen beide Schläfen.

„Dann müsste dieser Gegenstand ja da noch gelegen haben. Oder meinst du, er löste sich mit begangener Tat auch auf?"

„Übertragungsavatare lösen sich nicht in Luft auf. Sie sind nur nicht mehr mit Magie aufgeladen, weil sie die ja abgegeben haben. Es sind ganz normale Gegenstände wie Eierbecher und Teetassen. Nur hatte ja kaum jede einzelne Hexe an dem Vormittag einen neuen Eierbecher in Benutzung."

Jetzt sprang Isabel auf den Tisch und sah Billy direkt an. Das war spannend. Endlich kam sie dem Rätsel des eigenen Verschwindens näher.

„Diese Katze ist aber doch irgendwie verwickelt“, beharrte Nexus mit schwerer Zunge.

„Schon möglich. Aber sie kann den Zauber nicht übertragen haben. Was haben wir denn gesehen? Wir haben Rubios Frühstückstisch gesehen und den bei Isabel Bowles, den bei Tom ...“

„Lass Tom weg. Der verschwand ja nicht. Ich erinnere mich von Rubio her an Ei, Toast, Butter, die Zeitung ...“

„Die Zeitung!“ Nexus stand auf. Sein Blick war eindeutig glasig. „Das ist es! Die Zeitung. Weil, das erklärt die Sache mit dem Datum. Diese Zeitung wird hier gedruckt und ausgeliefert, ebenso in Irland und Schottland. Da gibt es kleine Druckereien, die das erledigen. Aber im Ausland müssen sich die Magier das Blatt von hier liefern lassen. Mit Schiff, Flugzeug, keine Ahnung. Und die kriegen dann wohl die Zeitung mit ein oder zwei Tagen Verspätung.“

Er schien ganz beseligt von seiner Erkenntnis und Isabel miaute.

Ja, sie hatte die Zeitung aufgeschlagen und angefangen, den Artikel über Regeländerungen für die Anmeldung zu internationalen magischen Wettbewerben zu lesen! Und danach erinnerte sie sich an nichts, ehe sie plötzlich in Gestalt einer Katze am Boden gesessen hatte.

„Die Zeitung“, überlegte Miranda. „Das käme hin. Es würde aber nicht durch Berühren passieren. Dann wäre der Postbote auch weg. Es kann auch nicht passieren, wenn man die großen Überschriften liest, denn mancher tut das schon auf dem Weg vom Briefkasten ins Haus. Dann wären heruntergefallene Zeitungen vielleicht doch aufgefallen. Und das Verschwinden aus dem Vorgarten oder von der Straße.“

Isabel nickte unwillkürlich.

„Hat sie jetzt genickt?“, fragte Nexus. „Oder bin ich besoffen?“

„Beides“, bestätigte Billy. „Und jetzt haben wir ein großes Geheimnis gelüftet! Die Katze und der Hund waren ohne jede Bedeutung. Es sind einfach Tiere. Die Zeitung hat das Verschwinden verursacht. Vermutlich ein Artikel, den man lesen musste und der nicht ganz oben stand. Und manche Leser und Leserinnen verschwanden gar nicht erst, weil sie die Zeitung überhaupt nicht aufgeschlagen haben.“

„Ich habe den Leitartikel über die Wahl einer Elfenbeauftragten gelesen“, sagte Miranda und wirkte betroffen. „Dann bin ich ein paar Kräuter sammeln gegangen und habe sie darin eingewickelt, um die Zeitung später ins Altpapier zu geben. Eigentlich wollte ich einen längeren Artikel über Regeländerungen anfangen, aber ich hatte an diesem Morgen keine Lust auf komplizierte Erklärungen zu internationalem magischem Recht.“

Nexus nickte heftig.

„Und das könnte dich vor dem Verschwinden gerettet haben! Ich hingegen lese das Käseblatt nicht. Steht ohnehin nie etwas Interessantes drin. Und andere haben zu viel zu tun, um sich morgens schön mit der Zeitung hinzusetzen, wie unsere Großmagier und wichtigen Hexen mit hohen Einkünften es können."

„Wir sind gut, Leute!" Billy trank einen Schluck Walnusslikör. „Dann müssen wir jetzt nur noch ..."

„Eine Menge weiterer Dinge klären", ergänzte Miranda merklich ernüchtert. „Eine ganze Menge anderer Dinge. Beispielsweise, wer die Zeitung behext hat."

„Wie man den Zauber aufhebt", schloss sich Nexus an.

„Und wer hinter dem allen steckt." Billy bat nun auch um einen Tee. „Nur wie bekommen wir das heraus?"

„Systematik", behauptete Miranda. „Bloß, weil es um Magie geht, lassen wir uns oft genug von Unwichtigem blenden oder schauen in die falsche Richtung. Wir müssen einen Plan machen."

Isabel fand es an der Zeit, sich wieder in Erinnerung zu bringen. Sie miaute auffordernd und zog an Mirandas Ärmel.

„Was will sie jetzt wieder?", erkundigte sich Nexus.

Miranda stand auf.

„Wo möchtest du hin? Hast du Hunger? Das würde mich nicht wundern."

Isabel sprang vom Tisch und ging ins Wohnzimmer voran, wobei sie sich immer wieder umblickte, ob Miranda auch mit ihr kam. Im Wohnzimmer hüpfte sie auf den

Wohnzimmertisch und drückte und schob, bis Elias Thorntons Werk über einjährige Heilpflanzen zu Boden fiel und dort offen liegenblieb.

„Was machst du denn?"

Isabel konnte ja nichts erwidern und erkletterte ihr eigenes Buch: Sigillen-Malerei.

„Damit hast du es, nicht wahr?"

Sehr betont legte Isabel ihre Vorderpfote auf den Namen Isabel. Dann auf den Namen Bowles.

Und dann miaute sie klagend.

Unfassbar

Miranda wünschte sich inständig, sie hätte nicht so viel Likör getrunken.

Jetzt kamen ihr schon ganz absurde Dinge in den Kopf.

Beispielsweise die Frage, ob Isabel ihr tatsächlich absichtlich und bewusst etwas zeigen konnte.

Sie hatte das mit der Namensgebung als lustigen Zufall betrachtet und die Katze so genannt, weil sie die Pfote an dem Abend dort auf dem Buchumschlag platziert hatte. Irgendwie musste sie ja heißen.

Aber dass Isabel jetzt wieder auf dieses Buch kletterte und wieder die Pfote dort hinlegte, das sah nicht nach einem Zufall aus.

Bisher hatte jeder Zauber jedoch gezeigt, dass sie kein magisches Tier war, kein Familiar, kein Kobold, den man Miranda untergeschoben hatte.

Isabel gab ein Maunzen von sich und legte dann die rechte Pfote auf das Wort Isabel und die linke auf das Wort Bowles.

„Ja, ja, ich sehe, dass du mir den Namen zeigen möchtest."

Und Isabel bekam wieder einmal einen ihrer Kreischanfälle.

Das ließ Nexus aus der Küche kommen.

„Nicht schon wieder. Was will sie denn?“

„Ich weiß es nicht“, behauptete Miranda.

Dabei wusste sie es doch. Vielleicht hatte sie es die ganze Zeit gewusst, sich aber gegen diese Erkenntnis gewehrt.

Katzen waren Katzen.

Hexen waren Hexen.

Anderes entstammte alten Märchen und war bestenfalls vor mehr als hundert Jahren vorgekommen. Gesicherte Quellen gab es dazu nicht. Entsprechende Bücher waren schon nach dem Krieg vernichtet worden, um bösen Menschen keine unmenschlichen Zauber an die Hand zu geben.

Denn wie schlimm musste es sein, in ein Tier verwandelt zu werden. Der Sprache nicht mächtig. Unfähig, zu zaubern.

Hilflos.

Nexus wirkte unerwartet ernüchtert.

„Du siehst aus, als hättest du einen Geist gesehen, Miranda. Was ist denn mit dem Katzenvieh?“

Miranda schauderte. Dann sagte sie: „Isabel, wenn du mich verstehst, dann geh jetzt in die Küche, kehre sofort wieder zurück, gehe einmal um den Wollkorb herum und komme dann zu mir.“ Dabei klopfte sie gegen ihr linkes Bein.

Isabel sprang vom Tisch, verschwand in der Küche, kam sofort wieder, umrundete den Wollkorb und setzte sich dann wie ein gut trainierter Schäferhund neben Mirandas linken Schuh.

Nexus blinzelte.

„Was?", fragte er.

Dann erschien auch Billy aus der Küche.

„Was spielt ihr denn?", erkundigte er sich.

Keiner antwortete.

Isabel sprang auf den Tisch und setzte wieder die Pfote auf den Namen.

„Könnte es sein", fragte Miranda mit brüchiger Stimme, „dass diese kleine Katze niemand anderer ist als die Großhexe Isabel Bowles?"

„Du spinnst", kommentierte das Nexus.

Die kleine weiße Katze hingegen sprang aufgeregt hin und her, dann mit einem Satz auf Mirandas Schulter und schnurrte ihr dort ins Ohr.

„Das soll Isabel Bowles sein?", fragte Billy und lehnte sich vor, bis er mit Isabel fast Nase an Nase kam. „Hm, also, wenn man genau hinsieht ..."

„Das ist doch Unsinn", protestierte Nexus. Er nahm das Buch, drehte es um und schaute auf das Autoren-Foto, von dem die Großhexe Isabel mit leicht hochgerecktem Kinn zu ihm aufzusehen schien, einen weißen Schal um die Schultern drapiert und mit schick frisierten Haaren. „Dieses irgendwie Hochmütige hat sie tatsächlich auch." Er hielt das Buch unter die Lampe. „Grüne Augen. Würde stimmen. Aber überleg mal, Miranda ... Warum würde sie zu dir kommen?"

Isabel schnurrte noch lauter.

„Um Hilfe zu suchen“, sagte Billy. „Sie konnte nicht mehr zaubern, viele andere mächtige Hexen und Zauberer waren weg. Zu wem konnte sie gehen? Sie musste die Adresse kennen …“

„Die kannte sie, weil wir uns auf einem Kongress getroffen haben und feststellten, dass wir beide aus Ipswich kommen. Da habe ich erwähnt, wo ich wohne, und sie sagte, daneben würde gleich die Schneiderin sein, wo sie ihre Kleider kürzen lässt. Weil sie ja so klein ist, wisst ihr …“ Miranda drehte den Kopf und sah aus nächster Nähe in Isabels apfelgrüne Augen.

„Sitzt eine Großhexe auf meiner Schulter?“

Isabel maunzte.

Nexus starrte sie an.

„Bei allen Wesen, die am Grunde des Orwell schwimmen“, sagte er. „Dann wissen wir jetzt auch, weshalb wir in das verdammte Tierheim einbrechen müssen. Schnellstens!“

„Weshalb denn?“, fragte Billy.

„Na, weil der blöde Kläffer dann nicht irgendein Hund ist, sondern Perry Cole, der Alchemist von Ipswich! Und der macht diesen elenden Krach, damit wir auf ihn aufmerksam werden.“

Billy rieb sich den Nacken.

„Oh weia. Dee muss ja vollkommen verzweifelt sein. Dann wissen wir aber jetzt auch, was die Weissagung meint. Wir müssen einen Dachs, einen Vogel und eine Katze mit zwei Schwänzen finden. Ich dachte, das sind Symbole, aber …“

„… es sind Zauberer. Oder Hexen“, ergänzte Nexus. „Leute, die in Tiere verwandelt wurden.“

Billy nickte.

„Verwunschene Magiekundige, die jetzt irgendwo herumlaufen. Wenn wir Pech haben, wird der Dachs von Jägern erschossen, ehe wir ihn finden. Und die Katze landet im Labor. Und wir wissen nicht mal, wer die in Wahrheit sind."

„Na schön", überlegte Nexus. „Wir klären also nochmal ganz genau, wer in Ipswich abhandengekommen ist. Dann wissen wir vermutlich, mit wem wir es zu tun haben. Wir holen den schwarzen Wuschelhund aus dem Tierheim ..."

„Und dann beginnt die eigentliche Arbeit", erinnerte ihn Miranda. „Nämlich herauszufinden, wer das zu verantworten hat und wie wir es wieder rückgängig machen können."

Nexus nickte nachdrücklich.

„Und wer mich umbringen will! Vergessen wir das nicht! Jemand hat mir die Wolle über die Augen gezogen und wollte mich umbringen. Und noch übler: Jemand konnte den Zauber der Bibliothek brechen und sie verwüsten. Wer kann so etwas bewirken?"

Sie standen dann etwas schockiert und ratlos im Wohnzimmer, sahen immer wieder zu Isabel, und wussten nicht, womit sie anfangen sollten, bis Miranda plötzlich sagte: „Was riecht denn da so komisch? Bei Hestia, die Suppe! Mir ist doch nicht etwa zum ersten Mal im Leben eine Suppe angebrannt?"

Und mit Isabel auf der Schulter hastete sie in ihre Küche.

Fortsetzung

Der zweite Teil des Zyklus von Kelly Cait erscheint demnächst, ebenfalls auf Amazon.de.

Vielen Dank fürs Lesen!

Die Tiere der Prophezeiung:

Katze

Hund

Katze mit zwei Schwänzen

Dachs

Vogel

Die Hauptpersonen:

Miranda Valentine

Nexus (Philip Somerleyton)

Billy the Bee (William Charles)

Printed in Poland
by Amazon Fulfillment
Poland Sp. z o.o., Wrocław

38041087R00111